Double or Quits

新編賈氏妙探

之5 一翻兩瞪眼

賈德諾 Erle Stanley Gardner 著　周辛南 譯

目錄

Contents

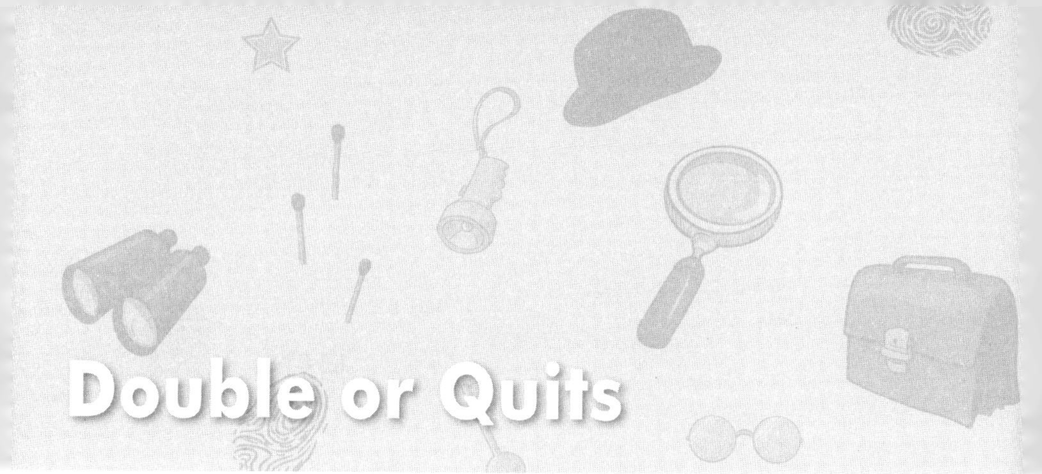
Double or Quits

出版序言

關於「妙探奇案系列」

當代美國偵探小說的大師，毫無疑問，應屬以「梅森探案」系列轟動了世界文壇的賈德諾（E. Stanley Gardner）最具代表性。但事實上，「梅森探案」並不是賈氏最引以為傲的作品，因為賈氏本人曾一再強調：「妙探奇案系列」才是他以神來之筆創作的偵探小說巔峰成果。「妙探奇案系列」中的男女主角賴唐諾與柯白莎，委實是妙不可言的人物，極具趣味感、現代感與人性色彩；而每一本故事又都高潮迭起，絲絲入扣，讓人讀來愛不忍釋，堪稱是別開生面的偵探傑作。

任何人只要讀了「妙探奇案」系列其中的一本，無不急於想要找其他各本，以求得窺全貌。這不僅因為作者在每一本中都有出神入化的情節推演，而且也因為書中主角賴唐諾與柯白莎是如此可愛的人物，使人無法不把他們當作知心的、親近的朋友。「梅森探案」共有八十五部，篇幅浩繁，忙碌的現代讀者未必有暇遍覽全集。而「妙探奇案系列」共為廿九部，再加一部偵探創作，恰可構成一個完整而又連貫的「小全集」。每一部故事獨立，佈局迴異；但人物性格卻鮮明生動，層層發展，是最適合現代讀者品味的一個偵探系列。雖然，由於賈氏作品的背景係二次大戰後的美國，與當今年代已略有時間差異；但透過這一系列，讀者仍將猶如置身美國社會，飽覽美國的風土人情。

本社這次推出的「妙探奇案系列」，是依照撰寫的順序，有計劃的將賈氏廿九本作品全部出版，並加入一部偵探創作，目的在展示本系列的完整性與發展性。全系列包括：

①來勢洶洶 ②險中取勝 ③黃金的秘密 ④拉斯維加，錢來了 ⑤一翻兩瞪眼 ⑥變！失踪的女人 ⑦變色的色誘 ⑧黑夜中的貓群 ⑨約會的老地方 ⑩鑽石的殺機 ⑪給她點毒藥吃 ⑫都是勾搭惹的禍 ⑬億萬富翁的歧途 ⑭女人等不及了 ⑮曲線美與痴情郎 ⑯欺人太甚 ⑰見不得人的隱私 ⑱探險家的嬌妻 ⑲富貴險中求 ⑳女人豈是好惹的 ㉑寂寞的單身漢 ㉒躲在暗處的女人 ㉓財色之間 ㉔女秘書的秘密 ㉕老千計，狀元才 ㉖金屋藏嬌的煩惱 ㉗迷人的寡婦 ㉘巨款的誘惑 ㉙逼出來的真相 ㉚最後一張牌。

本系列作品的譯者周辛南為國內知名的醫師，業餘興趣是閱讀與蒐集各國文壇上高水準的偵探作品，對賈德諾的著作尤其鑽研深入，推崇備至。他的譯文生動活潑，俏皮切景，使人讀來猶如親歷其境，忍俊不禁，一掃既往偵探小說給人的冗長、沉悶之感。因此，名著名譯，交互輝映，給讀者帶來莫大的喜悅！

譯序

美國有史以來最好的偵探小說

周辛南

賈氏「妙探奇案系列」，（Bertha Cool—Donald Lanm Mystery）第一部《來勢洶洶》在美國出版的時候，作者用的筆名是「費爾」（A. A. Fair）。幾個月之後，引起了美國律師界、司法界極大的震動。因為作者大膽的在小說裡寫出了一個方法，顯示美國人在現行的美國法律下，可以在謀殺一個人之後，利用法律上的漏洞，使司法人員對他無計可施，只好讓他逍遙法外。

於是「妙探奇案系列」轟動了美國的出版界、讀書界和法律界，到處有人打聽這個「費爾」究竟是何方神聖？

作者終於曝光了，原來「費爾」就是名作家賈德諾的另一個筆名。史丹利・賈德諾（Erle Stanley Gardner）是美國當代最著名的作家之一。他本身是法學院畢業的律師，早期執業於舊金山，曾立志為在美國的少數民族作法律辯護，包括較早期的中國移民在內。律師生涯平淡無奇，倒是發表了幾篇以法律為背景的偵探短篇頗受歡迎。於是改寫長篇偵探推理小說，創造了一個五、六十年來全國家喻戶曉，全世界一半以上國家有譯本的主角——梅森律師。

由於「梅森探案」的成功，賈德諾索性放棄律師工作，專心寫作，終於成為美國有史以來第一個最出名的偵探推理作家，著作等身，已出版的一百多部小說，估計售出七億多冊，為他自己帶來巨大的財富，也給全世界喜好偵探、推理的讀者帶來無限樂趣。

賈德諾與英國最著名的偵探推理作家阿嘉沙．克莉絲蒂是同時代人物，都活到七十多歲，都是學有專長，一般常識非常豐富的專業偵探推理小說家。

賈德諾因為本身是律師，精通法律。當辯護律師的幾年又使他對法庭技巧嫻熟，所以除了早期的短篇小說外，他的長篇小說分為三個系列：

一、以律師派瑞．梅森為主角的「梅森探案」；

二、以地方檢察官Doug Selby為主角的「DA系列」；

三、以私家偵探柯白莎和賴唐諾為主角的「妙探奇案系列」；

以上三個系列中以地方檢察官為主角的共有九部。以私家偵探為主角的有二十九部，梅森探案有八十五部，其中三部為短篇。

梅森律師對美國人影響很大，有如當年英國的福爾摩斯。「梅森探案」的電視影集，台灣曾上過晚間電視節目，由「輪椅神探」同一主角演派瑞．梅森。

研究賈德諾著作過程中，任何人都會覺得應該先介紹他的「妙探奇案系列」。讀者只要看上其中一本，無不急於找第二本來看，書中的主角是如此的活躍於紙上，印在每個讀者的心裡。每一部都是作者精心的佈局，根本不用科學儀器、秘密武器，但緊張處令人透不過氣來，全靠主角賴唐諾出奇好頭腦的推理能力，層層分析。而且，這個系列不像某些懸疑小說，線索很多，疑犯很多，讀者早已知道最不可能的人才是壞人，以致看到最後一章時，反而沒有興趣去看他長篇的解釋了。

美國書評家說：「賈德諾所創造的妙探奇案系列，是美國有史以來最好的偵探小說。單就一件事就十分難得——柯白莎和賴唐諾真是絕配！」

他們絕不是俊男美女配：

柯白莎：女，六十餘歲，一百六十五磅，依賴唐諾形容她像一捆用來做籬笆，帶刺的鐵絲網。

賴唐諾：不像想像中私家偵探體型，柯白莎說他掉在水裡撈起來，連衣服帶水不到一百三十磅。洛杉磯總局兇殺組宓警官叫他小不點。柯白莎叫法不同，她常說：「這小雜種沒有別的，他可真有頭腦。」

他們絕不是紳士淑女配：

柯白莎一點沒有淑女樣，她不講究衣著，講究舒服。她不在乎別人怎麼說，我行我素，也不在乎體重，不能不吃。她說話的時候離開淑女更遠，奇怪的詞彙層出不窮，會令淑女嚇一跳。她經常的口頭禪是：「她奶奶的。」

賴唐諾是法學院畢業，不務正業做私家偵探。靠精通法律常識，老在法律邊緣薄冰上溜來溜去。溜得合夥人怕怕，警察恨恨。他的優點是從不說謊，對當事人永遠忠心。

他們也不是志同道合的配合，白莎一直對賴唐諾恨得牙癢癢的。他們很多地方看法是完全相反的，例如對經濟金錢的看法，對女人——尤其美女的看法，對女秘書的看法——

但是他們還是絕配！

賈氏「妙探奇案系列」，為筆者在美多年收集，並窮三年時間全部譯出，全套共三十冊，希望能讓喜歡推理小說的讀者看個過癮。

第一章　憑空消失的首飾

漲潮時間，釣魚專用的平底大駁船，懶懶地在水面上晃著。只有少數的釣魚竿，從不同方向，自船欄伸向海上。東方，日光才自加州海平面升起。被污染的海面有很多油漬，反射著才露面的陽光，使人眼睛刺痛。

柯白莎，無論體型或個性，都像一捆帶刺的鐵絲，坐在一張帆布導演椅中，雙足足跟翹在船沿上，手裡平穩地拿了一支魚竿。她閃閃發光的小豬眼，瞪住了她自己的釣線，跟住了閃閃發光的浮標。

她伸手到毛衣口袋中，取了支香菸，放到唇邊，兩眼沒有離開原來的目標。

「有火柴嗎？」她問。

我把我的魚竿斜靠在欄杆上，用兩個膝蓋固定住，擦亮了火柴，用手兜著，送到她香菸上。

「謝謝。」她說，深深地吸了一口。

柯白莎曾經因為有病，把體重減到了一百六十磅。精力稍稍恢復，她開始釣魚。戶外運動使她健康進步，皮膚也曬紅一點。她還保持一百六十磅，只是多了些肌肉。

在我右側的男人，很厚，很重，呼吸的時候有點喘音。他說：「成績不太好。是嗎？」

「不太好。」

「你們來了一會兒吧？」

「嗯哼。」

「你們兩個是一起的？」

「是。」

「釣到什麼嗎？」

「有一些。」

大家無聲地釣了一會，他說：「我根本不在乎釣得上釣不上魚。跑出來輕鬆一下，呼吸一點帶鹽的新鮮空氣，逃避一陣文明都市的喧嘩，就值回票價。」

「嗯哼。」

「我最近每次聽到電話鈴聲，就好像大禍臨頭。」他笑笑，幾乎有點抱歉的樣子。他說：「其實說來就像昨天，當我剛開始執業時，我會不斷的盯著電話。好像看著電話，它響的機會會多一點似的。就好像你的——嗯——對不起。那位不是你太太吧？」

「不是。」

他說：「我本來想她是你的媽媽，但這個時代是很難說的。剛才說到她盯著看那釣魚線，就像以前我盯著看電話一樣，希望有點事發生。」

「律師嗎？」我問他。

「醫生。」

過了一下，他說：「我們醫生就是這樣，太注意別人的健康，就把自己的健康忽略了。這是慢性的折磨，早上開刀，巡視病人，下午門診，晚上出診。最不合理的就是半夜的急診，那些有錢人玩樂了一天，就等你上床了，才打電話來說他不舒服了。」

「你是出來度假？」

「不是。是溜號，我每個星期三總要想辦法溜號。」他猶豫了一下說：「沒有辦法，醫生囑咐。」

我看看他，他是超重不少。眼皮有點浮腫，所以每次垂下，要抬起就有點困難，從遠處看來他像一堆麵團，放在爐上等候發麵。

他說：「你的朋友，看起來蠻結實的。」

「沒錯，她是我老闆。」

「喔。」

白莎也許聽到，也許沒有聽到我們的談話。她看著她的釣線，像貓在守候老鼠洞一樣。白莎想要什麼東西，都是十分明顯的。目前她想要的是魚。

「你說你替她工作？」

「是的。」

他前額一皺，表示出他的疑惑。

「她主持一個偵探社，」我解釋，「柯氏私家偵探社。我們才辦完一件大案。偷一天閒，休假。」

白莎的竿尖向下一沉。她立即把右手握到她捲線機上。手上的鑽戒在日光下閃爍著。

「把你的線移開，」白莎對我說，「不要繞到一起去了。」

我把我的釣線向裡面拉。突然手一沉，我也上魚了。

「喔！」醫生說：「好極了。我來讓出空位來。」

他站起來，帶了釣竿沿船邊向外走。突然，他的釣竿一彎。我見到他的眼皮一翻，臉色也興奮起來。

我全神貫注自己的魚竿。左側白莎在鼓勵：「拉牠起來，唐諾，拉牠起來。」

我們三個人都在忙。藍藍的海水裡，偶然翻起銀白色的魚肚，是魚在掙扎。

白莎微仰上身，向後平衡自己。她雙臂上舉對付魚竿。一條大魚跳出水面。白莎利用牠出水的動力，順勢把牠帶起，拋進船欄。

大魚拋在甲板有如一袋濕透的麵粉。一秒鐘後牠用尾巴猛拍甲板。

醫生也把魚拖上了船。

我的魚脫鉤跑掉。

醫生笑著對白莎說：「你的比我的大多了。」

白莎說：「嗯哼。」

「可惜你的跑掉了。」醫生向我說。

白莎說：「唐諾不在乎。」

醫生好奇地看看我。我說：「我要的是空氣，運動，清閒。我辦起案子來一氣呵成，沒有休息時間。每結束件大案，希望輕鬆一下。」

「我也是。」醫生說。白莎看看他。

船上小吃攤飄出陣陣芥末香。醫生對白莎說：「要不要來個熱狗？」

「等一下，」她說，「魚等著上鉤呢。」她熟練地把魚從鉤上取下，串在繩上，掛上餌，把釣線拋出去。

我沒有再動手，只站著看他們釣魚。

不到半分鐘，白莎又釣到了一條。醫生也上鉤一條，但被脫逃。過一下，白莎上了條小魚，醫生上了條大魚。此後就沒有消息了。

「給你來個熱狗，怎麼樣？」醫生問。

白莎點點頭。

「你呢？」他問我。

「可以。」

「我去買。」醫生說：「我們慶祝一下，你繼續努力。請你照顧一下我的釣竿。」

我告訴他，我來負責照顧。

太陽已升過山頂，晨霧全消。岸邊，濱海公路上汽車移動清晰可見。

「他——什麼人？」白莎問，眼睛沒有離開釣線。

「一個工作忙，休閒少的醫生。他自己的醫生叫他要多休息。我想他另有所求。」

「是不是你告訴他我是誰了？」

「沒錯，他也許有興趣。」

「那樣好。」她說：「生意是隨時隨地會有的。」過了一下，又加了一句：「我看他是另有所圖。」

醫生回來，帶了六個麵包夾熱狗，很多芥末和醃黃瓜。他開始津津有味地吃自己的第一個，手上最後那條大魚的魚鱗，沒有影響他的食慾。

他對白莎說：「我絕不會想到他是個偵探。我一直以為偵探要由粗壯的人來幹。」

「那你看走眼了，」白莎說，一面給了我滿意的一眨，「他像閃電一樣。而且我們這一行腦袋最重要。」

我看到浮腫的眼泡思索地看著我。眼皮慢慢閉上，又艱難地打開。

白莎說：「你要是有什麼心事，不要吞吞吐吐，說出來好了。」

他驚愕地看了她一下：「怎麼？為什麼，我沒有──」然後，他停止解釋，突然真正的笑出聲來。

「好！」他說：「算你厲害，我一直自誇病人不開口，我就能診斷出他三分病。沒想到自己被人看透了。你怎麼知道的？」

白莎說：「你做得太明顯了。唐諾說過我幹什麼的之後，你一直在觀察我。」

醫生把第二個熱狗抓在左手。他自口袋中拿出一個名片夾，很炫耀地拿出兩張名片。給白莎一張，我一張。

我看看他的名片，放入口袋。得知他是戴希頓醫生。沒有預約他是不看病的。地址是近郊高級住宅區，辦公室在聯合醫務大樓。

白莎摸摸卡片上凸起的印刷字體，用手彈彈紙片看卡片質料的優劣。把卡片放進外套口袋。她說：「偵探社重要份子都在這裡，我是柯白莎，他是賴唐諾。你有什麼困難，說出來聽聽看。」

戴醫生說：「我的問題，實在是很簡單的。我遭小偷了。我希望能把失竊的東西弄回來。我來告訴你們實況，我在臥室的隔壁，佈置了一個舒適的書房。裡面放了不少淘汰下來的醫用儀器——X光機器，電療儀器，超音波，外行看起來還蠻像樣的。」

「你在書房工作？」白莎問。

他肚子有趣地抖動著。腫的眼皮閉起，張開的時間總比閉下久。「才不，」他說，「那些儀器是唬人道具。家中客人多，或是我不想陪他們時，我就說要做點研究工作，自己躲到書房去。我的客人都見過那房間，認為很了不起。我說過，外行看起來，很唬人的。」

「你在書房，做些什麼呢？」白莎問。

「房間的一角，是我選購的最舒服的椅子，」他說，「和最合宜的讀書燈。是我讀偵探小說的地方。」

白莎讚許地點點頭。

戴醫生繼續說：「週一晚上，我們有幾個特別無聊的客人。我躲到我的書房。客人走後，我太太上樓來——」

「你溜走，留下你太太招待無聊的客人，她不怪你？」

笑容自戴醫生臉上消失。「我太太沒有無聊的客人。」他說：「她喜歡熱鬧，她——她也以為我在工作。」

「你說她不知道那些儀器是假的？」

他猶豫著，像是在選擇合宜的回答。

「你不瞭解嗎？」我對白莎說：「戴醫生佈置那個書房，主要是騙騙她。」

戴醫生看著我說：「憑什麼你會這樣想？」

我說：「你太得意這件事了。每次想到這件事，你就會痴笑。好在沒有什麼大關係，你說你的好了。」

「很有見地的年輕人。」他對白莎說。

「向你說過的。」白莎澀澀地說：「星期一發生什麼了？」

「我太太戴著些首飾。我書房裡有一個牆上保險箱。」

「淘汰貨？像別的東西一樣，是假的？」白莎問。

「不，」他說，「保險箱可是如假包換的真貨。最新型式的。」

「發生什麼事啦？」

「太太給我她戴著的首飾，讓我放在保險箱中。」

「她常這樣做嗎？」

「沒有，星期一她說有點神經過敏，好像有事要發生。」

「這樣？」

「是的，後來首飾失竊了。」

「在你放進保險箱之前？」

「不是，是之後。我把首飾放進保險箱，去睡覺。昨天清早六點鐘我有電話，是一個盲腸炎穿孔。我趕去醫院開刀。又繼續本來排在早上的手術。」

「你太太通常都把首飾放哪裡的？」

「大部分時間，是放在銀行裡租的保險櫃裡。十二點鐘之前，她打電話到我辦公室，問我在我去門診前，能不能先開車回去一趟，為她開保險箱拿首飾。」

「她不知道保險箱號碼？」

戴醫生確信地說：「我是唯一知道怎麼開這個保險箱的人。」

「你怎麼辦？」

「辦公室護士接到電話後，轉告在醫院裡的我。我說我二點前後會開車回家一次。我後來一點鐘回去了。時間相當匆促。我除了喝咖啡外，早餐中餐都沒有吃。我跑進屋子，跑上二樓。」

「你太太呢？」

「她跟我一起進去書房。」

「你打開保險箱？」白莎問。

「是的。首飾不見了。」

「還有什麼同時失竊？」

他專心看著白莎的臉，有如白莎當初專心看著釣魚線相似：「沒有，只失竊了那一批首飾。本來保險箱裡也沒有太多東西。一、二本我留著急用的旅行支票。一些我對腎臟炎研究的報告。」

「你打開保險箱的時候，你太太，在哪裡？」

「她站在書房門口。」

「會不會你放進首飾後，保險箱門沒有關好？」

他說：「不可能。絕無可能。」

「保險箱沒有被人弄壞吧。」

「沒有。開保險箱的人，一定有正確的密碼。」

「怎麼會？」

「這就是我不懂的地方。」

白莎問：「有什麼人能——」

「我們知道什麼人做的，」他說，「我的意思是——我們知道是什麼人做的。」

「什麼人？」

「一個年輕女郎，姓史，」他說，「史娜莉小姐，我太太的秘書。」

「怎麼知道是她？」

戴醫生說：「有的時候，人會不相信自己看到的。我打開保險箱還以為自己在做夢。我太太問了許多問題。才使我知道這是真的，是我把首飾放進保險箱，而後轉動號碼盤的。」

「跟姓史的女郎有什麼關聯？」

「我太太把史小姐叫來，請她立即報警。」

「之後呢？」

「一小時之後，警察沒有來。我太太要知道為什麼警察遲遲不來。她再叫史小姐。史小姐失蹤了。她根本沒有通知警察。史小姐也多了一小時逃亡時間。」

「又之後呢？」

「之後警察來了。他們在保險箱上找指紋。他們發現做案後，有人用一塊有油的布擦抹過保險箱。在史小姐房間，一個空冷霜罐裡，他們找到了那塊抹布。」

「同一塊布？」我問。

「他們有辦法證明這是同一塊布。有一種特殊廠牌的擦槍油在這塊布上，和保險箱上留下的油相同。用了一半的擦槍油，也連瓶在史小姐房內。一切顯示緊急潛逃。史小姐什麼也沒帶走，化妝品，甚至牙刷。她是空手走的。」

「警察沒能找到她？」白莎問。

「還沒。」

「你要我們做什麼？」

他轉頭望向海洋說：「遇見你們之前，我並沒有想要做什麼事。但是，假如你們能在警察找到史小姐之前，先一步找到她，對她說如果她把失竊的東西退回我，我就既往不咎。我會付你們一筆可觀的費用。」

「你說你不準備控告她？」白莎問。

「我不告她。」他說：「我還準備給她點現鈔獎金。」

「多少？」

「一千元。」

他站在搖晃的甲板上，眼望外海，等著白莎回音。

我知道白莎在想什麼。她希望自己完全不出聲，能使醫生回頭看她，她再發動問題：「我們又有多少好處呢？」

戴醫生帶我跟他回家吃晚飯。

他直截了當地介紹，我是個私家偵探，是他請來「補償警方工作不足」的。

他的居處，證實了我對他的印象。造這房子是要花錢的，維持這房子也要花錢。

房子是西班牙式建築，白粉刷的水泥牆、紅瓦、鐵捲花柵欄的走廊、精心設計的花園、僕役宿舍、東方地毯、方便到處有的浴廁、大片玻璃窗、厚簾子，大的屋裡內院、噴水池、金魚、仙人掌園。太多食物、太油、太重的口味。

戴太太雙下巴，爆眼，喜愛她的食物和美酒，常說一些無意義的話，她的名字叫可蘭。

可蘭娘家姓丁。有兩門娘家的親戚與他們共住。

丁吉慕，皮膚曬成古銅色，可能以為多曬日光會防止起自他頭頂的禿髮，但沒有成效。深黑而直的頭髮，剪了一個短髮。眼珠是透明的淡褐色。整齊形狀的嘴，笑的時候露出白齒。從他與我握手時的手勁，可以知道他戶外運動很多。他是戴太太的侄子。戴太太已死哥哥的兒子。

另外一位親戚是戴太太的甥女，勞芮婷太太。勞太太有一個三歲的小女兒珊瑪。珊瑪在保姆室較早用餐，已先上床，我沒見到。勞太太是可蘭姐姐的女兒。我看得出勞太太自己很有點錢。她大概廿八、九歲，能節食，身材好。大大的黑眼，很熱誠。沒有人提起勞先生，我只好不發問題。

戴醫生家有一個木臉男管家，兩個一般女僕人。另一個女僕人名叫珍妮，既有曲線，又有點氣派。

戴太太有一個司機，我沒見到，正好是他輪休。戴太太有社交狂熱，戴醫生不願太參與。戴醫生最喜歡的是，診餘時間，能獨處，而他的診餘時間，也並不多。

晚飯後，戴太太交給戴醫生一張從辦公室護士處轉來的來電名單。醫生建議我跟他一起去書房，他可過濾這些來電。

書房正如他自己所形容。我坐在一張四周都是電子儀器的椅子中。

他坐在他自己的舒適椅內，把一台桌上電話移到手邊，名單放在椅子把手上，說道：「把心電圖儀器櫃打開，賴。」

「哪一台是心電圖？」

「在你右邊的一台。」

我打開櫃門，裡面沒有電線，但有一瓶蘇格蘭威士忌，一瓶波本威士忌，幾個玻璃杯和一瓶蘇打水。

「自己動手。」他說。

「給你弄一杯？」我問。

「不要，我還要出去一下。」

我倒了杯蘇格蘭威士忌，他所用的牌子，是市面上最貴的一種，戴醫生開始撥號打電話。

他有很好的脾氣，他的語調是十分關切的。旁聽他對病人的問題及建議，可以知道他的病人都是有錢的，而且小毛小病都喜歡找他談一談。名單上多數的病人，他都會在電話上知道症狀，打到藥房，叫藥房送藥給病人。其中兩人他答應出診去看他們。其他都藉故推託了。

「每天就是這樣。」打完電話，他向我說：「我現在去出診，看幾個病人。一個小時就夠。你是留在這裡，還是跟我走一趟？隨你。」

「我在這裡等。」

「你也可以附近走走，」他說，「我太太可以幫你忙。」

「那兩個出診，」我問，「真的都是急診嗎？」

他扮了一個憎厭的鬼臉。「一點也不急，」他說，「他們是老病人，理應伺候。一批超過五十歲的有錢神經質，玩牌每天打到十二點，肚子裡油水太多，又不斷喝酒，沒有運動，體重超過太多，當然麻煩就尾隨而來。」

「實際上沒什麼病？」我問。

「當然有很多病，」他說，「血壓高了，動脈硬化了，腎臟吃不消了。他們對自己的健康，認為不是自己的事。他們汽車壞了，叫技工給他們修理。身體有不舒服了，叫我給他們修理，我是他們身體的技工。」

「你怎麼處理？給他們一張食譜？什麼可吃，什——」

「食譜個鬼！只要你建議改變他們生活方式，他們明天立即另請高明。每星期四、五個宴會，你怎麼能注意飲食！連我都不能做到，怎能要求病人做到？我給他們鎮靜劑。告訴他們，好好睡一覺，沒有精神，明天不能多打四圈，或是叫他中午吃次素食，晚上稍稍開葷不妨。奇怪，我為什麼告訴你這些——連我自己也討厭的謊話。」

「因為我問你，因為我也想知道。」

他的語氣轉變。「把你的好奇心都集中在找史娜莉小姐。」他說：「讓我來管我的病人。」

他的手放在門把上時，我說：「我已經知道首飾在什麼人手中了。不是史小姐。」

「什麼人？」

「你。」

我現在注意到，他眼皮有多腫。他已經很努力了，但眼睛還是睜不大。

「我！」他說。

「沒錯。」

「你瘋了！」

我說：「沒瘋，我推理不太會出軌。珠寶失竊實況，不可能像你所說。警方一定問過你首飾的形狀重量。有人典當，警方一定可以發現歸還。一千元獎金太多一點。你也出得沒什麼理由。

「我的臆測，保險箱中另有對你十分重要的東西，你發現被竊，你希望知道是什麼人下手，但不能用一般方法。所以你請你太太把首飾交給你，放入保險箱。你自己在第二天早晨把首飾拿出來，再請警察來。這樣，不論是誰拿了你的東西，都加重了負擔。史娜莉受不住這個壓力。當她瞭解，你要把珠寶失竊的事套到她頭上的時候，她怕了。也露出了一切你要的馬腳，現在你希望先找到她，談一談。」

他把門關上，向我走回來，走得很慢，怪怪地，好像想揍我。距我兩步的地方，他站住了，對我說：「賴，真是太荒謬了。」

我說：「不管怎麼樣，我來這裡的目的是幫你忙。病人不給你說實話，你沒有辦法幫他忙。你不說實話，我也沒有辦法幫你忙。你要見史小姐不是為了首飾，對不對？」

他說：「你的推理完全錯了。你找到史小姐，把首飾弄回來。你的責任就完了。不要亂作推論。」

他看看他的錶說：「我得去看這兩個病人了。我還要先到藥房補幾張處方。你在這書房等我。在超短波治療器裡，你會找到一些有趣的書。等我回來後我們再聊。」

「哪一個是超短波治療器？」

「我那舒適椅左手側那個，你可以坐我的椅子，把燈打開，慢慢看。」

「你什麼時候回來？」

他再看了下錶，說道：「我九點鐘可以回來，最遲九點半。不要亂推理。不要亂跑。坐下來看書。」他說完轉身，很快地走出書房。

我有感覺，他很高興能離開。

第二章　不在這裡的線索

春天或是晚秋，加州有一種特殊的沙漠強烈風暴，當地的名稱叫做聖太納，有時亦稱為聖太阿納。風暴之前一小時，天空清晴無塵。一眼可以清楚望透數里之外。空氣溫暖，不流通，停滯著。絲織品、人造纖維等衣服，都會沾上靜電，發出劈啪聲。

突然一陣大風自東或北吹下，很熱，很乾，混和著大量細沙，沾到人的嘴唇及牙齒上。通常這種風連吹三天三夜。風來的時候，一切東西都因乾熱而脫水，人的精神也煩躁，大家變得很激動，身上出的汗，因空氣乾熱立即蒸發，但皮膚上又是砂礫又是細沙。

我坐在戴醫生的書房，做一點思索工作。書房有一個陽台。當空氣完全靜止時，好像房間的窗，沒有一個是開著的。我起身走出陽台觀望。

一眼看到星星滿佈的天空，我知道聖太納要來了。星星一顆一顆清清楚楚，各自發著燦爛的光輝。陽台外的空氣，和書房裡的沒有二樣，也是乾熱無動靜的。人的神經緊張到一觸即發的程度。

我回到書房，戴醫生所說的儀器，確是個唬人的東西，外表有數字轉盤好幾個，儀表好幾個，還有一打以上的開關。一塊鍍金板上刻著「環球超音波治療股份有限公司」及「超音波治療儀，一六六萬能型」等字樣。仔細觀察可以見到側面有一按鈕，按下可以打開儀器側板。裡面藏的只有書，沒有電線。我拿出三、四本，打開燈，開始閱讀。

我讀完一本偵探小說的第三章時，狂風開始了。它一下颳到房子牆上，整個房子都可以感到爆炸似的威力。我聽到無數的門碰上聲和窗碰上聲，人跑步聲和急急忙忙關窗聲。我也把書房所有窗都關上，但是沙還是從縫中吹進來。

我又繼續看書，發現很有興趣。戴醫生選擇偵探小說的口味很高，這本小說使我好像自己在辦案。時間也不知不覺過得很快。

我後面一塊地板發出點聲音。

風暴本來已使我神經處於緊張邊緣。我跳起來，把身轉過來，小說落在地上。勞芮婷站在那裡，用她黑大而熱情的眼睛看著我。她在笑我跳起來的樣子。

「你在等醫生回來？」她問。

「是的。」

她很有教養地微笑一下，以示不太同意。我看看錶，十點四十分。我說：「醫生說最遲九點半，一定回來。」

她說：「我知道，他有的時候控制不住——夜晚出診又逢到急診。戴太太說也許你願意明天再來。」

「我再等一下——會不會打擾太多？」

她說：「你真想等醫生的話，我們也可以安排你住下。」

「我還不知道醫生的意思。」我說：「我只知道我的意思，我必須立即開始工作。我希望從他多得到一點資料。所以我要等他回來，好早點開始工作。」

「其實我也可以幫你忙。」

我有點懷疑。她觀察我一下，把書房門關上，說道：「坐下來，賴先生。也許我們應該開個圓桌會議，彼此多瞭解一下。」

我坐下，從她眼中我看到悲劇的暗示。看來她在懼怕什麼東西。也許只因為眼睛太太的關係。她說：「戴醫生真不應該請你來幫忙的。」

我沒有說話。

「因為——」她說，故意停下，希望我能答腔，見我沒有出聲，只好又說：「因為我知道你是來找什麼的。」

「來找首飾。」我說。

「首飾？」她輕蔑地說：「你是來找他保險箱中的東西的。」

「可能你知道的，比我知道的還要多。」我說。

我見到她眼皮下垂，好像在研究我這句話的含意。然後她搖搖頭說：「不會，戴醫生先要說服你才行。你是來找本來在保險箱裡的東西，戴醫生不願我知道的東西。」

我保持靜默。

「我看你不太喜歡講話。」

「目前還沒有討論的話題。」

「你肯不肯告訴我，我姨父有沒有對你——什麼也沒有隱瞞？」

「那是你應該和醫生討論的問題。」

「你有沒有找出史小姐什麼了？」

「這正是我期望著的事。」

「你解釋一下，期望什麼？」

「我想搜查一下她的房間，我想看一下她留下的東西。」

「警察已經都看過了。」

「我知道，但是原則上還是要看一下。」

「我帶你去看，是不是一樣？」

「有何不可？」

「我不知道，你自己總是躲得遠遠的，好像——你決定不跟我講話似的，也好像你懷疑我什麼似的。」

我露齒向她：「沒有證據之前，我從不把任何人列入嫌疑。目前我連證據都還沒開始找呢。」

她說：「那就跟我走。」

我把小說撿起，放在椅旁小桌上。跟她走過戴醫生的臥室，經過一條長走廊，走下樓梯，進入在屋後側的一翼。她打開一扇門說：「這裡就是。」

室內裝潢及傢俱都極普通，但都合宜、清潔、舒服——白色噴搪瓷鐵桿的床架、柳安木的梳妝台帶一面大鏡、五斗櫃、壁櫃、洗盆、洗盆上的盥洗用品架、一張有點損壞的真皮沙發椅、一張小桌及桌燈、三張椅子、一個床頭櫃放床邊、一個廉價彈簧鬧鐘，正在嘀噠——嘀噠——嘀噠的響。

「誰給鬧鐘上的發條？」我問。

「什麼意思？」

「史小姐是昨天溜走的，是嗎？」

「是昨天下午。」

「看，這是一個二十四小時的鐘。」

「是，我想是的。」

「即使是她昨天上午上的發條，現在也應該走完了。」

她含糊地說：「我不知道，警察來過，也許是他們上的發條。」

我拿起鬧鐘，試著發條，可以看出發條即將走完。管鈴響的發條已完全走完，鈴響的時間定在六點十五分。

「你還要不要看一看？」她問。

我說：「要。」

勞太太猶豫了一下，看是否留我一個人在此，最後決定拉張椅子坐下，看著我在壁櫃和抽屜裡東摸西摸。

「這些地方，警察都看過了。」她又說。

「我知道，但也許還有什麼地方，他們疏忽了。」

「舉個例看看。」

我拿起一雙女用豬皮駕車手套，說：「例如這個。」

「這個怎麼啦？」

我把手套拿到檯燈下面，打開燈問：「注意到沒有？」

「看不出。」

我拿一塊手帕，在我手指上包緊，用力在手套手指上擦幾下，給她看手帕上沾上的油漬。

她蹙眉道：「什麼意思？」

「石墨滑潤油，」我說，「有它專門用途，和一般擦銀器、銅器的油不同。這是她的手套？」

「不知道，我想一定是的。反正在她房裡，沒錯。」

「是的。」

「那只有是她的。」

「你想她手套上，怎麼會有石墨滑潤油的？」

「想不出。」她說。

「是新鮮的，最近幾天裡，她一定和什麼機械東西接觸過。」

「嗯。」勞太太的聲音，仍表示不明瞭，或是要減輕我新發現的重要性。

「她自己有車嗎？」

「沒有。休假的日子上街坐公共汽車。可蘭阿姨有事要她上街，就請司機開車送她。」

我說：「壁櫃裡有短褲和橡皮後跟網球鞋。在短襪上還有腳汗的味道。」

她笑著說：「史小姐喜歡運動，尤其網球。她隨時會主動邀請司機伴她來一場網球賽。」

「她會隨時有空玩球嗎？」

「只在早上。」

「她幾點開始工作？」

「這裡早餐在八點。她的工作早餐後立即開始。她把信件送給可蘭阿姨。蘭姨一面喝咖啡，看信，叫她回信。」

「網球——對，網球是在早餐前，所以鬧鐘定在六點十五分。」

勞太太眼神變得很感興趣：「嗨，你開始有收穫了。」

我沒有回答這一句。

我打開盥洗盆上的小壁櫃，看裡面的瓶瓶罐罐。問道：「這是她的牙刷？」

她笑道：「說真的，賴先生，我無法確定，不過這是支牙刷，而且在她房裡，就這樣。有什麼差別嗎？」

「假如，這是她的牙刷，她的離開，就非常匆忙。」

「這一點不須懷疑，我保證她離開得非常匆忙。你看，她根本沒有回到房間來，匆忙到什麼也沒有帶。」

我雙手插入褲袋，背靠五斗櫃，散視著油漆地板。

「賴先生，」她說，「可能再也沒什麼特別的了。我知道，你是有經驗的偵探，你必須承認警察也是老手。他們都仔細看過，在這裡的線索是絕不會遺漏的。」

「不在這裡的線索呢？」

「這個問題倒奇怪。」

我沒回答。過了一會，她的好奇心迫著她問：「我也不是要傷你感情。什麼是不在這裡的線索？」

「倒不是線索本身不在這裡，」我說，「而是，有的東西，不在這裡，變成一個重要線索。」

「什麼東西？」

「網球拍。」

「我不懂。」

我說：「很清楚，她匆匆出走，連房間都沒有回。她每天早上玩網球，昨天早上當然也玩了。玩網球要網球拍，網球拍多半有一個有拉鏈的口袋，和網球放在一起，這房間裡，就是沒有網球拍。」

「你確定沒有？」

「我仔細看了，就是沒見。」

她眼睛也出現困惑感：「但是她有自己的網球拍，我知道她有。」

「就是囉，哪裡去了？」

「我不知道，給你一提，倒真是奇怪。」

我們有一分鐘沒有說話，我可以聽到鬧鐘嘀噠、嘀噠，也可以聽到外面暴風吹過牆角，吹那窗外棕櫚的聲音。我還聽到一種低低的有規律，好像震動的聲音，不斷敲我腦門，提醒我注意。但是我一直太注意線索的發現，把這個聲音忽略了。現在我靜下來仔細聽，這是個不斷的衝擊雜音，好像是大冰箱馬達在轉動，但是它是不停的動。

「廚房離開這裡很近嗎？」

「不太遠。」

「可能冰箱門沒關好。」

「為什麼？」

「有個馬達，一直在動。」

她靜聽一下，說道：「我們去看看。」

我跟她離開那臥室，經過一條走廊和一扇門，經過餐具室，來到一個現代化的廚房。光潔的瓷磚和電氣設備使廚房效率達到完善。一側牆角，有個大冰箱，冰箱門關得好好的，馬達也沒有聲音。在廚房裡，什麼雜音也沒有。

「我們回去再聽聽。」我建議。

我們走回遠遠通到僕役住處的走廊，聲音又可聽見。我問：「車庫在哪裡？」

她指向這一翼的尾端說：「車庫在這邊，這些窗後面。」

我仔細聽著：「我們去看看，這裡過得去嗎？」

「可以，一直下去有個門。」

她帶路，打開燈光。打開一扇門，進入一個工具間，裡面擺放著螺絲鉗、千斤頂等修車工具和輪胎等。馬達聲在這裡較清楚。她打開另一個門進入車庫。一股熱氣，帶著煤氣燃燒的味道，直衝鼻腔。我看了一眼，跳後一步，深深吸口氣，衝進車庫。車庫門是由下向上開的那一種，有一個平衡重量，可以使它開到隨意的高度。我打開車庫門，裏邊有一輛引擎在動的汽車。車子是輛只容二人的小跑車，保險槓多次受損，車體也很久未洗。

強風一下吹入，把所有的煙都吹散。我跑到戴醫生倒在地下的身體邊，兩手伸到他兩脅下，把他拖到通風處。勞芮婷過來幫忙。

我仔細一看醫生的臉，知道一切都沒有用了。這種特別臉色，我以前見過。這是一氧化碳中毒，窒息死亡特有的紅色死亡臉。

戴醫生已經死了。

第三章　翡翠戒指

戴醫生的住宅位於一個非常高級的近郊住宅區。警車的警笛聲，使附近住戶開亮了幾扇窗口的燈光。當警車不斷的繼續光臨時，所有的燈光反而被厚窗簾蒙了起來。偷竊在這一帶已經是大事了。那麼許多警笛真太可怕了。

一一九帶來了救護車和人工呼吸器。警察好像傾巢而出。新聞記者帶來照相機和閃光燈。一個助理驗屍官前來檢查那輛汽車。車頭蓋本來是開著，被撐起來的，好像是有人在檢查引擎一樣。戴醫生右手有油漬——很小一點黑的油漬。有一把扳手在戴醫生上衣左側口袋裡。經常在他汽車裡的出診用品手提袋，放在他屍體附近地上。汽車油箱約剩四分之一箱油。顯然，沒有人知道他什麼時候回來的。從車庫中的一切，無法證明他倒臥在此有多久了。

助理驗屍官要我儘可能畫出當時發現屍體的正確位置。他打開龜型的後車箱，看看裡面有些什麼東西。他取出二個仿皮球拍套，裡面都有網球拍。

我朝勞太太半閉右眼用左眼瞧警告她別出聲。

助理驗屍官從套子中拿出球拍。二個球拍都是久經使用過的。其中一個把手較粗，是重型，十五盎司球拍。另一個把手細一點，是女用球拍。

從助理驗屍官臉上，及他拿球拍的姿態上，我知道他不懂網球，這二個球拍對他也沒什麼特別意思。他把球拍裝回套子，放進車箱，推下車蓋，自去忙別的事情。

他轉向車子裡面，一副豬皮駕車手套拋在車座上。他問：「有人認識這雙手套嗎？」

勞太太說：「是戴醫生的。」

「他開車都帶手套？」

「是的。」

助理驗屍官說：「嗯！」

他試試車上手套箱。手套箱鎖著。「什麼人有鑰匙？」他問。

勞太太說：「車上插在點火鎖上的鑰匙，可能可以開手套箱，試試看。」

他低低咕嚕一下表示接受這個建議，拔出點火鑰匙，仔細看了一下這個鑰匙，試著手套箱的鎖。塑膠鋼的小門在絞鏈支持下，向下翻落。箱裡小小燈光自動亮起，把裡面照得相當清楚。我看到裡面有幾個首飾盒，疊在一起。

助理驗屍官把它們一起拿出來，打開一盒。是空的。他問：「有人知道，怎麼回事嗎？」他問。

勞太太禁不住吃驚地喊出一點點聲音來。助理驗屍官好奇地向她看：「你！說說看。」

「都——都是空的嗎？」

助理拿起一、二個盒子，搖一搖，打開看著說：「嗯，都是空——等一下，這個——」他拿出一個戒指，是一個鑽石鑲邊，切成方型的翡翠戒指。

「知道這些東西為什麼在這裡嗎？」他問勞太太。

她已經完全能自我控制了。她很小心選擇字句回答：「這些首飾盒子，很像蘭姨——戴太太——裝她首飾的盒子。這枚戒指，我相信，是戴太太的。」

「這玩意，怎麼會在這裡的？」他問。

「這我可真不知道了。」

一位警官走上前來說：「奇怪，喬，這些珠寶有報過案。戴醫生書房裡保險箱，星期一晚上或星期二早上，遭竊。我們有失竊清單。等一下——」他自前胸口袋拿出一本筆記簿，翻到一頁說：「翡翠戒指一個，三克拉，方型切割，鑲以純白無缺點同大鑽石八顆，白金戒座。」

「就是這傢伙。」助理驗屍官說。

二人交換了有點意思的眼神。後來的警官問勞太太：「怎麼會在這裡的？」

她說：「我怎麼會知道？」

他又轉向我：「聽說——你是個私家偵探。」

「是的。」

「來這裡做什麼？」

「我在等戴醫生回家。有關保險箱失竊，他要我查一、兩件事。」

「一、兩件事？一、兩件什麼事？」

「他沒說。」

警官說：「我們去和戴太太談談。」

助理驗屍官說：「可以，先讓我把這裡事弄完。你姓賴？」

「是。」

「你看到屍體時，屍體確切的位置到底在哪裡？」

「剛才比給你看過。」

「我還不太滿意，有沒有人有粉筆？」

沒有人有粉筆。

助理自己說：「我可能有一支。」他打開他帶來的用具包，摸索了很久，拿出一支粉筆說：「好，把他畫出來，頭在哪裡，腳朝哪裡，手又是怎麼放的？」

我儘量畫在水泥地上。

我低著頭在畫的時候，我看到通往工具室的門，開了一條縫。一個臉在向這邊窺望。是個深皮膚，很帥氣的臉，雙眼很關懷地注視我的行動。他本想進來，因為看到我在畫，所以暫時停步。

「我們來之前，你不應該移動屍體。」我畫完時助理說。

「我移動他之前，認為他是有救的。」

助理驗屍官自我手中接過粉筆，隨便拋進用具包說道：「不准任何人移動這輛汽車，不准任何人碰它。這裡每一個人我都要留指紋，來對首飾盒。等一下我要和戴太太談話，你們兩個不要離開。」

他們留了我們的指紋。站在工具室門外的男人，已走開。勞太太和我跟助理驗屍官和警官回到宅內。

戴太太在她臥室內。女僕說戴醫生的好友竇醫生，正在照顧她。戴醫生不給自己家人看病。戴太太每次有任何不適，都是請竇醫生診治的。所以今天請他來，以防萬一。女僕又聒絮地告訴我們，竇醫生的父親常年有病，都由戴醫生治療。所以二人互相診治對方的家屬，以作友好還報。

竇醫生出來和助理驗屍官見面，他蠻高，有瘦而方的下巴。說話很果斷，很能給人好印象。聽警官說了些話，他決斷地插進話來說：「戴太太目前不宜打擾。

她受了很大震驚。我才給她皮下注射鎮靜劑。你們可以請她指認那枚戒指。僅此而已。」

警官一行進入臥室。醫生向勞太太說：「你們兩位可以在這裡等。」隨即跟他們進去。

勞太太看著我：「你看怎麼會？」

「什麼東西怎麼會？」

「那——你知道的——每件事。那首飾盒怎麼會在手套箱裡？」

「這可能是很多原因中的一個。」

「舉個例子看看。」她喜歡講這句話。

「那就很多了。他出診去看的病人，其中一位可能就是偷保險箱的賊。他要贖金。醫生給了他錢，回到車庫，而——」

「那首飾又到哪兒去了？」

我說：「我們發現他之前，他已躺在那裡很久了。任何人都可以拿下發動鑰匙，打開手套箱。」

她想了一下說：「鑰匙一拿下，引擎不就熄火了？」

我說：「我倒並不想真用這個概念說服你。我不過提出來給你看可能性。給你動動腦筋。」

「至少這個概念不能成立。」

「你對，不能成立。」

通臥室門打開。竇大夫出來，問道：「你是那偵探？」

「是。」

「我指希頓請的那位？」

「是。」

「戴太太要見你。她緊張，有點崩潰，何況她本來就神經衰弱的。今天她震驚太大。我已給她打針，但要慢慢才會發生作用。講話要簡短，不要和她辯論，多說些增加她信心的話，反正結果總是改變不了的。」

「說點謊？」

「可以，說什麼都可以，轉移她的思想，我要她能睡。」

「我什麼時候進去？」

「那些人出來你就進去，」他說，「他們快了——出來了。」

官方二人走出來。他們用低聲討論著，根本沒再理我們。竇醫生點頭指示我進去，勞太太沒進去。我和醫生進去後，竇醫生把門關上。

戴太太用三個枕頭墊在背後，半斜臥在床上。她穿一件藍色睡袍。可見女僕或竇醫生，或他們兩位，必須急急給她更衣。她襪子在地上，衣服在椅子上，一個緊身搭似的束腰，有緞帶花邊，串著條因常用而弄髒的粉紅繩索，拋在另一椅子的背上。整個局面，絕不是戴丁可蘭女士平時允許男士拜候的樣子。

她微突的眼珠看著我。好像不易集中視力。她說話聲音有點模糊。

她說：「你叫什麼名字來著？」

「賴，賴唐諾。」

「噢，是的，我忘掉了。是太大的震驚。」她把眼皮閉下，隨又張開道：「我要你繼續未完的工作。」

「什麼工作？」

「調查工作。你知道剛才這些人，心裡在想什麼？」

「他們心裡想什麼？」

「他們想希頓自己偷了首飾……他沒有……我不希望他名譽有損……他沒有經濟困難——收入非常好——壽險四萬元——意外死亡加倍……你把這一切替我順利辦妥，你可以辦理吧？嗯——你姓什麼來著？」

「賴。」

「賴先生——是的，你會辦吧。」

「我立即辦。」我告訴她。

「早上來看我，好嗎？」

「你要我來，我就來。」

「對，要你來。」

「幾點鐘？」

「早餐後。」

「十點半以後。」竇醫生職業性的通知。

她把眼光轉向竇醫生。語音更為含糊：「華倫，你是不是要我睡覺？」

「是的。」

我說：「戴太太，你儘管睡好了。我們偵探社立即開始行動。白天黑夜都有人工作，你不必擔心，好好睡。」

竇醫生自她背後把枕頭移開：「這樣最合理想，可蘭，讓這位年輕人替你工作。現在你已把一切安排妥當了。再也不要去想，睡吧。」

「睡吧！」她睡態地重複醫生的話。

竇醫生用手勢暗示我可以走了。

我用腳尖悄悄離開。

勞太太仍在外面等我。「她要什麼？」她急著問我。

「要我明晨十點半來見她。」

她臉上現出怒容：「你真會說老實話。」

第四章 網球女郎

六點不到，鬧鐘把我自睡眠中吵醒，睡得真甜。但不得不疲乏地爬起來，沖了個冷水浴，精神稍有好轉。我刮臉，穿衣，進車庫，用公司車開始兜每一個市立公園。這是一個冗長乏味的跑腿工作。好在清晨車輛不多，所以尚稱順利。沙漠的暴風半夜後已停止。清晨空氣中只有涼爽。太陽雖已出來，尚未太熱。兩側高樓大廈的市街現在還未覺醒，再過二、三小時，就人潮、熱潮一起來了。

每個公園都有人玩網球。我只注意穿短裙短褲的女球迷。我一個人，開車在球場旁慢慢兜圈，在別人看來一定認為我是神經病。

在格利飛公園，我見到四個人在男女混合雙打。其中一位女郎引起我注意。她混身充滿活力。輪她發球時，她把球抛起，背向後彎，球在頭上相當高，她全力壓下過網，充滿信心。她對側的男人每次都不太接得住，連著吃了她好幾次發球，慢慢習慣了，才懂得怎麼回球。我相信，他們以前沒有一起玩過球。

輪到對側是女的接她發球時，她非常客氣，不太用勁，也給我暗示著她們互不相識。

我感興趣的女孩，很明顯認識與她並肩作戰的男人。他是個常玩球的人，但樣子很保守。一輛腳踏車斜靠在鐵絲籬笆上。一件毛衣結在腳踏車把手上。

我停下車，熄滅引擎，點支菸，看他們打球。

七點三刻他們停止比賽。四人在網前交談了一會。無非「正好碰到你們，好高興」，或是「你們玩得真好，希望能常見面」等等客套。

又等了一下，女郎自網球場出來，把毛衣從車把上解下，套上。就在短褲外，圍上一條扣鈕釦的裙子。我走過去，把帽子舉了一下。

她用冷而毫不在意的眼光看我。她絕不是隨便會上鉤的女郎。

「你球玩得很好。」我說。

「謝謝。」語調倒不怎樣冷，但絕對是遠遠的。

「不要跑呀。」我說。

她輕蔑地斜看我一眼。

「我想和你談談，史小姐。」

她已經把腳放在踏腳板上，準備踩下去時，聽到我提她的姓，停止一切動作，她好奇地看著我。

我說：「對不起，只好以不常用的方法來和你互相認識。我一定要在你看到報紙前，和你談談。」

她用小心，毫無表情的眼光研究我，問道：「你是什麼人？」

我給她一張名片。她看一下問：「報紙有什麼新聞？」

我說：「戴醫生死在車庫裡——一氧化碳。」

她臉上的表情完全凍結，用不動聲色的語氣說：「造個謠言來騙我？」

「來告訴你事實。」

「怎麼找到我的？」

「沒有幾個女孩對網球那麼迷。一大清早騎腳踏車，來球場練球。」

「你怎麼知道我有這個習慣？」

「你的手套——腳踏車鏈上來的石墨滑潤油。像你這種球迷，不工作的早上，一定出來打球，所以，你自己的公寓，或租的房間裡，一定有另外備用的球拍。你沒有汽車。你替戴太太工作只有三個月時間。你另外一支網球拍，已經被警方在戴醫生車箱裡找到。」

她說：「可憐的人，他有腎絲球腎炎——是一種無法治的慢性病——但他有太多勇氣。數年來他一直注意自己的症狀，也沒有自己治療，把一切變化都記錄下來。我想，假如我能引他早上出來運動運動，可能對他健康有益。他總自己找理由不運動，說他要應付急診。我指出他的急診都在晚上，從來沒有病人早上急診找他。他的急診病人，還最喜歡在他入睡後找他。」

「為了不使戴太太懷疑，醫生騙他太太，他早上也出診，是嗎？」

她聳聳肩說：「我不知道他怎麼告訴她。我們只玩過少數幾次球。告訴你這些夠了嗎？」

「是的。」

「他怎麼死的？」

「他開車回車庫。可能引擎有什麼不對，他要調整一下，或是把什麼線路接通。」

她慢慢地說：「他對自己修汽車，最有興趣而且是能手——像清理打火嘴啦什麼的。」

「司機幹什麼？」

「戴醫生不喜歡別人伺候。他喜歡一切自己來。他從不叫司機開車。司機是為戴太太雇的，用來當跟班的。」

「保險箱失竊，你為什麼馬上離開了？」

她說：「跟這件事毫無關係。」開始又想踩車離開了。

我說：「目前變得有關係了。你的失蹤，使人懷疑。不多久，警察就會四處找你了。」

她自車上下來，把腳踏車重新靠在鐵絲籬笆上，說道：「好，我們談談，要我坐進你車來嗎？」

我點點頭。

我替她開車門，她說：「你先進去好了，我坐你邊上。」

我進車，把自己滑到方向盤後，她輕快地跟進來，坐在我右邊。她說：「你問我答，還是我自己講自己的？」

「你講你的。」

「有菸嗎？」

我給她支菸，替她點上，她把自己靠到車座上。我知道她要點時間，整理一下話題，所以沒有催她，任她吸菸。

她說：「說起來話長。」

我問：「什麼事說起來話長？」

「我離開的事。」

「就從你開始替戴太太當秘書開始。」

「不行，還要長得多。」

「怎麼會？」我問。

「更久以前的事。這就是為什麼我改姓史，重新開始。」

「說說看。」我建議。

「我希望忘記這一段。也希望別人忘記這一段。能不能不再提它？」

「假使我知道，也許可以幫你忙。」

「我不要人幫忙。」

「那是夢想，事實上你已經是眾矢之的了。」

「怎麼會？」她問。

「首飾失竊、秘書失蹤，警察沒多大幻想力。他們把二與二加起來，至少得個四，有時得六，甚至八。目前有點像十二。」

「他們要先能找到我才行。」她說。

「我已經找到你。」

「你是警察嗎？」

「不是。」

「那麼你是什麼？」

「私家偵探。」

「什麼人雇你的？」

「戴醫生。」

「雇你做什麼工作？」

「找到你。」

「現在你找到我了，下一步如何？」

「向雇主報告。」

「戴醫生死了。」

「向他太太。」

她搖頭：「你不必，我離開汽車，騎上腳踏車，馬上開溜。」

「假如我把你送交警方？」

「那我就要大費唇舌了。可是我看得出你不會如此做。」

「也不是我雇主的意思。我想戴醫生要找到你，比要找到首飾還更有興趣。」

她看了我好幾秒鐘說：「你這話什麼意思？」

「保險箱裡有點他認為有用的東西。他認為偷開保險箱的人也要這東西。把警察請來可能是個失策的打諢手法。」

「他認為，是我拿了保險箱裡的東西？」

「理所當然。」我說。

「我沒有拿。」

我說：「我受雇要找到你。你可以自己和我雇主談。」

「照剛才你的說法。戴太太不是你雇主。」

我對她笑笑：「遺產的一部份。」

「你知道保險箱裡，藏的是什麼嗎？」

「不知道。」

她靠在車座上，抽菸，眼望遠處。我知道，若非她在決定要不要告訴我，就是在想一個比較好的謊話。她把菸頭在菸灰盤裡弄熄。說道：「戴醫生對勞芮婷愛護倍至。不單因她的原因，也是因為她女兒——小珊瑪。為了保護她們兩個，他什麼都肯做。」

她停下看看我，又說：「這件事，他告訴你了嗎？」

「現在輪到你上台，我只是聽眾，你說你的。」

「即使他告訴你過，你也不說？」

「不說。」

「他沒告訴你，你說不說？」

「不說，我要用我知道的，來看你有沒有說謊。」

她說：「我不知道其中的詳情。芮婷的離婚丈夫——勞華德——是個標準壞蛋。一直在騷擾芮婷。他要監護小珊瑪，至少爭個部分時間監護。他請了律師，向法院多次陳情，甚至因為芮婷參加了一個雞尾酒會，弄了好幾個人出面作證。突然之間，一切銷聲匿跡，我們再也聽到不到勞華德這個名字。醫生牆上那個保險箱，也是在那時候裝上的。」

「還有其他證據嗎？」

「有的，小事情，一件件湊起來。」

「你認為戴醫生，使勞華德放手，不再騷擾勞太太。」

「是的。戴醫生插了一手。不能稱為威脅，只是做了些手腳。」

「很有興趣。所以保險箱被竊，你就開溜？」

「沒錯。」

「事後又和醫生打了一場網球。」

「什麼事後？」

「你開溜之後。」

「沒有的事。打球是事前。」

「那麼，星期三早上，你有和醫生打球？」

「不是星期三，是星期二早上。星期三他去釣魚。我是星期二下午離開的。」

「你住哪裡？」

「這不關你事。」

「這個故事，我可不能交差。」

「你假如有良心，應該緊閉尊口。你應該對戴太太說，她丈夫的死亡，使你和他之間的合約結束了。除非她另外付錢請你來找她的首飾。否則叫她開張支票，拜——拜。」

「為什麼你叫我如此做？」

「這樣，每個人都快活。」

我說：「醫生認為他要的在你那裡——保險箱裡的。」

她說：「不對，你弄錯了。醫生認為我知道在什麼人那裡。」

「那——你知不知道呢？」

她猶豫了幾秒鐘，說道：「不知道。」

「能不能猜一下？」

「不能。」

「假如醫生沒有死，這兩個問題，你不會那麼快回答『不』，是不是？」

她說：「為什麼？」

我說：「我真希望知道為什麼。」

「我還想要支菸。」她說。

我又給她支菸。從她吸菸的樣子，我知道她很努力在想。突然她說：「我一定得沖個涼，吃些早餐。你不想把我交警察，又不想我再溜掉。我們來個君子協定。我告訴你我住哪裡。你就算了，收兵了。」

「住哪裡？」我問。

「雅麗小舍——女子公寓，離這裡只幾條街，在佛蒙路。」

「一個人住？」

「不，是和另外一個女孩分租。」

「在戴家你也有一個房間？」

「是，我上班規定住那裡。休假時才回來，一週休假一天，但有兩夜。」

「規定周幾休假？」

「週三，我星期二晚上離開，星期四早上回去。」

「聽說最近戴醫生也不願死幹活幹，他也自己挑一天休假。也是星期三，不是嗎？」我問。

她冷冷地看我，說：「你要幹什麼？把我硬拉進去？還是特別選我出來？」

「哪一種有效？」

「哪種都無效。」她說著，伸手拉把手打開車門。我讓她離開。她走向腳踏車，騎上，頭也不回地很快往前騎。我留在車裡，看著她背影，發動車子，遠遠跟著。她來到雅麗小舍，把車架在馬路上靠人行道邊。自己走進去。

我找個車位停車，撥公用電話打給卜愛茜。卜愛茜是白莎有效率，默默工作的秘書。

「用過早餐沒？」我問。

「才吃完。」

「抓你公差辦件事。」

「什麼事？」

「撞爛一部腳踏車。」

「用什麼來撞？」

「用你自己的汽車。不過這是件公事。」

「白莎知道嗎？」

「不知道。」

「最好要她知道。」

「不行。不太容易解釋清楚。」

「你在哪裡？」

「車子停在佛蒙路，雅麗小舍向前幾家店面，路邊。」

她說：「我來得及做完工作，去辦公室不耽誤開門嗎？」

「應該可以，不會耽誤太久的。」

「告訴我，怎麼做？」

我說：「聽清楚。從雅麗小舍西北面橫街，轉彎進來。轉進佛蒙路前按兩下喇叭，極慢極慢過來，使我有時間準備，我會開走我的車。公寓前面停著部腳踏車。假如你沒見到腳踏車，或是你鳴喇叭後，我沒有讓開，你就去開辦公室的門，剩下的不要你管了。」

「好，」她說，「我鳴喇叭兩聲。看到你車時，你開車離開。若腳踏車停在那裡。我又做什麼？」

「想辦法路邊停車靠向公寓。你的技術不夠好。你撞爛了那腳踏車。撞得很爛，反正再也不能騎了。」

「之後呢？」

「一個女孩會出來跟你吵架。」

「我怎麼辦？」

「你保了全險的吧？」

「是的。」

「你非常傲慢不遜。說她不可以把腳踏車停馬路上，即使馬路邊上，可還是馬路上。告訴她，你車保有全險，你絕不會為這些小事麻煩自己。給她妳的姓名、地址，把車開走。」

「就這樣？」

「就這樣。」

「不要跟蹤她？」

「絕對不要。絕對不要。」

「之後呢？」

「向你保險公司報告。告訴他們，有人來申請保險給付時，你要看詳細清單。」

「好，」她說，「馬上上路。」

我掛上電話在車裡等候。我估計卜愛茜十分鐘可到。愛茜有個特別優點，她要做什麼事，都是全力以赴，徹底萬分。

自我掛斷電話起八分三十秒，卜愛茜趕到。我聽到二下嘟——嘟。自後視鏡看到她的車以慢速在拐進這條街來。我習慣性地看看錶，在筆記本上匆匆記一筆，把車開走。心裡非常滿足，非常自鳴得意。

直直自佛蒙路向前開，從後視鏡看到愛茜一寸寸地在向後路邊停車。突然前輪急急一轉，車尾撞向停著的腳踏車。前方正好是十字路口，我把車轉彎向右。

第五章 壽險條約的奧秘

我輕鬆地用過早餐，來到辦公室。卜愛茜在打字機前努力工作著。她一面敲打字鍵，一面抬頭向我致意。

「一切順利嗎？」我問。

「嗯哼。」

「那女孩出來了？」

「有。」

「我們老闆呢？」

「裡面，在看文件。」

我走進去，柯白莎坐在她大辦公桌後面。海釣使她皮膚成健康的麥色。花白的頭髮，使她有慈母的樣子。

「看到戴醫生的事了？」我問。

「是的，怎麼發生的。唐諾？」

「他叫我在書房等他，說好最遲九點半一定回來，我看小說出神了，根本沒感覺時間過得多快。」

「報上說是你發現的屍體。」

「沒有錯。」

她扮了個鬼臉說：「我想狀況升級了。白莎該有點生意做做了。」

我說：「我想戴太太會聘用我們。我已經找到史小姐。」

「已經找到了？」

「嗯哼。」

「你怎麼找法的？」

「還不是跑腿的老辦法。我發現她有騎單車和早上打網球的嗜好。我又有她外形的描述。清早騎單車去打網球的妙齡女郎不太多。」

「她現在在哪裡？」

「我不知道。」

白莎跳起來：「你什麼意思？」

「我無法跟蹤她。她知道我在查這件案子之後，更沒有跟蹤的可能性。她給我一個假地址——雅麗小舍。她騎單車到那裡後，在裡面等。我不走，她也不出來。我不想太使她不方便，所以我先走了。」

「為什麼不等她出來，再跟蹤她？」

「用汽車跟蹤腳踏車高手？你有沒有試過？」

她仔細想了想。

我說：「她會向交通擁擠的地區走。選一條兩行汽車在等候交通信號的小路，大模大樣騎過去，把我一個人拋在車裡發呆。」

「那你怎麼辦了？」

「讓愛茜去把她腳踏車撞爛了。愛茜車是保全險的。」

「你想那女孩，會笨到用自己的真名，去要求賠償？」

「會的。愛茜表演好的話，就會的。我告訴愛茜要自大一點，不在乎這些小事，告訴她保險公司名字，就離開。」

「戴太太有什麼反應？」

「叫我十點半去看她。」

「她要什麼？」

「警方認為首飾是她丈夫監守自盜的。她要洗刷丈夫名譽。」

「你能代她洗刷嗎？」

「不能。」

「為什麼？」

「因為是他自己偷的。」

白莎用她小而冷的眼睛看著我。她從桌上一只防潮菸盒裡拿出一支香菸，把一端裝進一個長長的象牙菸嘴，點菸，想找點話題來說說。她再次把菸嘴拿起，湊向嘴唇的時候，左手的鑽戒閃閃發光。

「你對她說什麼？」

「我對她說，我接受這個工作。」

「你既然認為他是監守自盜，你為什麼還接手呢？」

「因為她的醫生，叫我不要刺激她。」

「但是你十點半還要去？」

「是的。」

「為什麼？」

我說：「戴太太提出了一個十分有趣的問題。」

「什麼問題。」

「她說她丈夫有一個四萬元的壽險，意外死亡的話，保險公司加倍給付。」

「這有什麼稀奇？」

「保險單上絕不會這樣寫。也不是這樣意思。」

「什麼話！」白莎說，「我自己也有壽險，一萬元加入我的遺產。這可以處理我的債務。假如我意外死亡就付二萬。」

「不對，不是這樣的。」

白莎臉都紅了：「你是說，我連我自己壽險給付辦法，都不知道？」

「你是不知道。」

白莎小心地把象牙雕刻菸嘴放回桌上。她打開一個抽屜拿出些鑰匙，選一把鑰匙另外打開個抽屜，拿出只小箱子，打開那箱子，拿出一張人壽保險單，展開說：

「來看。」我轉到她身後，自她肩後一起看。

「看到了嗎？」白莎勝利地說。

「看到你錯了。」

「什麼！」

「你錯了。」

「你瘋了，白紙黑字，清清楚楚。就像我剛才說的。」

「不對，不像你剛才說的。保險單上說，死亡是由於意外原因時，加倍給付。」

「我怎麼說？」

「你說意外死亡。」

「不是一樣嗎？」

我說：「要叫他們付款時就不一樣。」

白莎看著我說：「唐諾，有的時候我愛你，有的時候我恨不能咬你一口。」她摺起保險單，放回小箱，鎖上，關好抽屜，抽屜也鎖上，把鑰匙放進另一個抽屜。過了一會，她說：「好，你是學法律的。你知道裡面有不同。我對這一竅不通，我看保險單清清楚楚說，我要是意外死亡，他們要雙倍給付。」

我說：「意外死亡，和『死亡是由於意外原因』，有所不同。通常情況下，人死亡都是意外。例如你做一件事，因為沒有專心，你死了。這是意外死亡。但什麼叫做死亡是由於意外原因呢？造成死亡的原因，必須是個真正的意外。」

白莎說：「我還是不太瞭解。」

我說：「假如你開車進車庫，東摸西摸瞎修自己的車子，讓引擎轉著，吸進一氧化碳，死了。死亡的原因，就不是意外。這死亡的原因都是你自找的。你沒有熄火。是你的疏忽。你自己把自己暴露在有毒環境太久。」

「這種情況下，戴太太得不到雙倍給付？」白莎問。

「得不到。」

「你怎麼知道她的保險條例，和我的一樣？」

「它們統統都是一樣的——我見過的都一樣。這是標準格式。」

「保險公司知道這裡面有差別嗎？」

「當然知道。實際上，全世界只有他們最知道。甚至很多律師還弄不清楚。」

白莎說：「那你準備怎麼辦？」

「晃來晃去，等保險公司把壞消息告訴戴太太。」

「之後呢？」

「等她去見她的律師。」

「再之後呢？」

「所有的人都放棄沒辦法之後，我們來建議，可以為她爭取那另外四萬元。」

「用什麼方法？」

「目前還不知道。」

「假如我們可以爭取到這四萬元，我們可以要求一半，甚至——」

我說：「不要太貪心。」

「至少我們要分它一部份。」

「我們——是要分它一份。」

白莎突然警覺，快快地說：「我的意思，我——要分它一份。我——當然會給你一份獎金——」

「我們——要分它一份。」我說。

白莎蹙眉道：「你什麼意思？」

我說：「我要辭職不幹了。」

白莎突然憤恨地把自己脊背伸直。坐下的迴旋椅在吱咯作響。「你要幹什麼？」她喊道。語音有點沙啞。

「辭職。」

「什麼時候？」

「現在。」

「為什麼？」

「有人邀我合夥創業。」

「哪一種行業？」

「一人一半，是個私家偵探社。」

「哪一家？」

「就是你的這一家。」

白莎悶在座椅上想。

「為你的健康，你需要多釣點魚。」我解釋。

她說：「唐諾，你是個有腦筋的小鬼。你有勇氣，有幻想能力。你迫得白莎只好讓你走路。問題是你沒有生意頭腦。你花錢像流水。你吃女孩子虧。我接受你做合夥人，這個地方六個月之內，會破產。我勸你維持現狀，白莎賺錢時，會給你紅包——」

「公司一人一半，否則我走路。」

「也好，」白莎怒道，「你走路，我絕不受威脅，我——」

「別生氣，」我告訴她，「好聚好散。請愛茜結結賬，我應得的給我開張支票。」

「你跟戴太太的約會，怎麼辦？」

「你自己出馬好了。」

白莎把椅子推後，滿臉怒容：「當然，我自己去！」

「小心不要激怒她，」我說，「醫生希望她不要激動。激動對她血壓不利。生氣對健康最損傷。」

我告訴我房東太太，我去舊金山找工作，我的房租付到月底。我會另外安排行李搬運。

她對我從無好感，但失去我還是傷感的。我有正當工作，按時付房租。她問我為什麼被解雇了。我告訴她我是自己辭職的。她不相信。

我來到舊金山，住在廉價旅社裡三天。第三天，我用旅社的信紙信封，給洛杉磯房東太太一封信，告訴她我已決定在舊金山長住。

第二天一早，我出去早餐。到海濱溜冰。吃了午餐後，坐在海濱長椅上看霧自海外滾來。我進城，看了場電影。下午五時，我回到旅社。

柯白莎坐在旅社大廳裡，她正在盛怒，眼睛都要爆出來了。

「你死哪裡去啦？」她問。

「喔，到處看看，」我回答，「一切還好嗎？」

「好個鬼。」

「怎麼會？等多久了？」

「你這小鬼知道我等多久了。我乘飛機來，十二點一刻到這裡，一直等到現在。」

我說：「真對不起，為什麼不回你自己旅館，留張字條，叫我來看你？」

「那樣你就不來看我了。」她生氣地說：「總之，我在你——在你——之前，我要再和你談談。」

我說：「不太遠有個小酒吧。」

「好，我們走。」

舊金山爽適的霧，使人精神愉快。柯白莎，下頷向上，雙肩向後，大步走在街上，手腳都很健朗。她仍在生氣，兩次過馬路都沒注意行人交通信號。我必須抓住她，以免被罰款。

我們在小酒吧坐定。白莎要了雙份白蘭地。我要威士忌蘇打。白莎開口：「唐諾，給你說對了。」

「什麼說對了？」

「每件都對了。」她承認：「保險公司的人非常非常同情。他們不能加倍給付，因為死亡不是由於意外原因。他們暫時不付這原始的四萬元。他們把四萬元的支票，不斷在她鼻子前晃。他們說要書面證明戴太太放棄申請雙重給付，才能把四萬元給她。他們建議戴太太去看律師。」

「爾後呢？」

「她去看她律師。律師也一籌莫展。現在外面又出了個謠言，說戴醫生是自殺的。說他自己偷了首飾，被發現，怕被捕，所以自殺。何況他本有慢性不治之症。」

「還有什麼可以證明他自殺嗎？」

「引擎好好的，沒有需要修理的地方。扳手和引擎上，完全沒有他的手印——車頭蓋上有。看來他是自己決定這樣走法，又不要他太太難過。」

我問：「找到史小姐了？」

「她沒有向愛茜投保的全安保險公司去申請給付，我——我——我也還沒有開始去找。」

「為什麼？」

「我不認為戴太太特別想找到她。」

「為什麼呢？」

「我想那女孩和醫生——他們兩個有點什麼關係。」

「什麼人告訴你的？」

「戴太太——她聽到了一些閒言。她現在強調，過去的就讓它過去。葬禮昨天已舉行過了。」

「很有意思。」我說。

「你混蛋！」她說。

「又怎麼啦？」我把眉毛抬起，眼睛睜大。

她說：「我去看城裡最好的律師。兩個不同的律師花了五十元。二十五元一位，只問了幾句話。」

「為什麼？我不瞭解。」

柯白莎說：「律師看發生的事實，看保險單。告訴我戴太太想打申請雙倍給付的官司，根本站不住腳，完全沒有希望。即使他不是自殺，是意外，但絕不是由於意外原因，正如你所指出一樣。戴太太也見過她自己的律師。那律師一開始說絕對勝算在握，但仔細深入，發現不是那回事。戴太太願意付四萬的一半賭這口氣。」

「這樣呀。」

白莎憤恨得咬牙切齒地說：「我知道你那猴頭猴腦的腦袋裡，有一個可以要到雙倍給付的計畫。我相信，現在我要求四分之三，她也會給我，為的是賭氣，她恨透保險公司了。戴醫生老以為保險單上是意外死亡。她也這麼想。保險公司一副同情樣，猛做好人——我們也想給你錢，只是同業公會會反對，所有保險單都一樣的，我們愛莫能助——就是不肯付錢，還說假如賠了錢，他們自己就犯法。」

我喝完了我的威士忌蘇打。「你看，舊金山真是個好地方。」我說：「我越來越喜歡它了。」

「喜歡個鬼！」白莎說：「你跟我回去，替我收拾這殘局。」

「不行，我在這裡前途蠻樂觀的。我——」

「你馬上跟白莎回去。」白莎硬性地說：「我不該讓你走的。我漸漸太依靠於你了。沒有你生意難做了。」

我說：「不行，白莎。二人公司——五十五十——你不會高興的。你十分重視個人，你容不下合夥人。你喜歡獨斷獨行，你喜歡當老闆。」

白莎倔強地說：「不要讓外表騙了你。我仔細想過，既然你提出這個要求，你答應一件事，我就接受。」

「什麼事？」

「我要來就來，要去就去，來去自由，不准管我。你可以隨便雇人工作。我還釣我的魚。」

「怎麼突然變釣魚迷了？」我問。

「想想戴醫生。」她說：「我去參加葬禮了。可憐的人，曾日夜工作，做牛做馬。假如他輕鬆點，偶爾放鬆一下，多釣釣魚，說不定會活久一點。他要能預知這一點，他會叫他有錢的病人自己去跳海，醫生要釣魚。

「我自己一向胖得不想運動。我自己也討厭，但總是餓得受不了要吃。那一場病，倒給我減了肥，也給我戶外運動的機會。現在我很硬朗。吃照吃仍能保持體重。你年輕，又天生瘦小。你不怕變胖，你應該努力工作，我應該釣魚。現在你決定，要不要這個合夥事業。」

我微笑著說：「白莎，你付酒錢吧。否則我還是要開公賬的，因為我是合夥人。」

白莎用她冷冷發亮的小眼，瞪著我：「你這個小混蛋，我就知道你一定會的。」

「從現在開始，我真的會這樣做的，」我告訴她，「這一點必須聲明在前。」

白莎差一點把皮包甩我頭上。想想她自己應該慢慢接受——我是她合夥人——這個概念。但是最重要的還是想到，我真會把酒錢報公款開支。

「你是知道的，」我輕快地說，「我對錢的價值不太清楚。我花錢像流水，我吃女孩子虧。」

白莎怒目注視著我足有三十秒鐘，深吸口氣，慢慢地，不太甘心地打開皮包，拿出一張五元鈔票，喊道：「買單。」又對我說：「我來付賬，至少可以省我一半小費。」

「可以省『我們』。」我糾正她。

小眼瞪了一下，但她沒說話。

第六章 全家的朋友

戴太太說：「我很高興你回來了。賴先生。當然我也很喜歡你的夥伴，但我對你更有信心。也許因為希頓選中你的關係。」

她穿著黑衣服，沒有化妝，凸眼看來更憂傷。

「你真正的希望是要我們做什麼？」我問。

她說：「柯太太說，你有辦法叫保險公司，付他們該付的雙倍給付。」

我解釋道：「保險公司受法律限制。除非有明確可信的事實，否則他們不能輕易付款。」

「這一點，我已知道。」她說。

「所有方法都試過無效，才能試我的。」

「是的，所有的方法試過，失敗了，賴先生，我願給你，不論向保險公司要回來多少的一半。」

「可能需要打官司。」

「好，我願意給你律師費用開支後，我所剩下來不論多少錢的一半。」

「這可能會太多了。」

「你不嫌多，我就無所謂。」

「我來看，能怎麼做。」

「另外，」她說，「我付你一般報酬，要你查明我先生沒有偷自己的首飾，也沒有自殺。假如是他自己偷的，首飾現在在哪裡？真是荒謬。」

「真的除了他，沒人知道保險箱密碼？」

「至少我們不知道；但一定有人知道。這是個新型保險箱。另有件事我要說明，我不希望你弄出什麼對先夫名譽有損的醜聞，這點很重要。」

「假如我開始挖掘事實，我無法預期我會挖出什麼來，但還是要不停地挖。」

「你不一定每件事都要報告吧。」

「不必。」

「好，去挖吧。」

「你想真會挖出你不想知道的事？」

她說：「希頓是個好丈夫，仁慈、溫和、體貼。有些地方即使不比其他男人特別好，但男人都差不多。」

她給了我一個苦笑。

「我會盡力而為。」我說。

「芮婷要見你。」

「她在哪裡？」

「現在在保姆間，和珊瑪在一起。」

「好！我過去看她。」

「你是不是立即開始工作，賴先生？」

「我儘可能。」

「很好。」

我突然想起地說：「喔！還有件事，保險箱怎麼樣？你先生過世後，你有沒有想辦法開過？」

「我們在他記事本上發現幾個神秘數字。我律師建議我找個開鎖人研究研究。他終於打開了保險箱。」

「你看了裡面有什麼了？」

「是的。」

「有什麼？」

「只有保險單和一份病歷記錄，記錄他發病第一天以後的每一變化和症狀。可憐，他以為這樣對醫界有所幫助。我不認為這有什麼用，我想要是他不要如此忙，好好治病，也許好一些，至少還可以活好久才會真正惡化。」

「我懂了。」

她說：「有一點對我們有利。我律師已經和保險公司達成協議，他們付我四萬元。我們可以沒有條件拿到。隨時可以提出證據，申請另外的四萬——假如有證據。」

「辦得好。」

「不要忘記看芮婷。」

「現在去。」

她笑著說：「不懂為什麼，賴先生，我總覺得，對你有信心。」

「謝謝你。」

我在保姆間見到勞芮婷。也是第一次見珊瑪。小珊瑪眼睛像她媽媽。常有真心的笑容，笑起來有兩個酒窩。

勞太太說：「小寶貝，這位是賴先生。」

小珊瑪以短而不穩定的腳步，過來伸出她小手。「你——好——」她說。說得很慢，很正確，每個字很用力。

「很好，謝謝你，你好嗎？」

「我好，媽媽說，我做好孩子，晚上她放電影給珊瑪看。」

勞太太笑道：「我想我太寵她了。我拍了不少家庭電影。珊瑪喜歡一遍一遍的看。」

珊瑪正經地看著我，用她童音說：「也要醫生公公的電影。醫生公公睡覺，不起來了。」

「真的呀？」

她慢慢莊嚴地點點頭。

勞太太說：「我去叫珍妮來照顧珊瑪。我和你聊聊。」

她按鈕。過了一下當女傭人進來時說：「請你陪一下珊瑪，好嗎。珍妮？」

珍妮給我一個笑容，說道：「是的，勞太太。」向珊瑪伸出手去。

當我出門的時候，我感到珍妮正很注意地在觀察我。我從一面位置恰當的鏡子來看她。

她彎著身子，一隻手圍著珊瑪的腰。她眼睛注視著我，有幾秒鐘的時刻，她突然發現我在鏡子中看她，她移動眼光自鏡中和我眼光相遇。她有點驚慌。櫻嘴微張，淺笑時露出兩排整齊的牙齒。

「我們走這邊。」勞太太說。

她帶我走到內院一個較隱蔽的所在，在一只裝飾用大甕和葡萄架後面，放著兩張椅子，好像專為這次會談而設。

坐定後，她突然開始：「戴太太有沒有提起我？」

「沒有。」

「關於我私人的問題？」

「沒有。」

「真的？」

「是。」

她等了一下，好像尋思合宜的進言途徑，最後決定實話實說。她說：「我的婚姻是十分不幸的。我在十八個月前辦妥離婚。我有太多證據可以對付我丈夫，但是我不想用。我只用足夠裁決的證據——包括珊瑪歸我監護。」

「贍養費怎麼樣？」我問。

「沒有贍養費，我也不需要。問題也在這裡，我父親遺下了一大筆財產。華德——勞華德，我丈夫——在我父親死後不久遇到我。他非常溫和，關切，幫我很多忙。我很敬愛他，就嫁了他。」

「結婚後不久，我隨即發現他的目的除了父親遺留給我的錢外，什麼別的也不為。後來他用各種方法想控制我的錢。幸而因為這筆遺產太多了，所以一切都要與遺囑條文對照，經過認證才能動用。同時我有一個十分精明，忠心的律師。他特別堅持我不可把控制權轉交給我丈夫。」

「律師是哪一位？」

「林福來。」

「之後呢？」

「之後，我想華德知道了是林律師，在幕後警告我對付他。因為我一次一次用各種方法推託，華德就一陣陣緊緊逼迫。這一切更使他露出尾巴。金錢——是他唯一要和我結婚的理由。」

「你的意思是——他並不愛你？」

她輕蔑地說：「他對我關心，不為這個。也從沒為愛情關心過任何其他女人。他是一個唯利是圖的人。他英俊，有磁性，能討女人歡心。女人對他不算什麼，一個女人也永遠不夠。等他知道了有人警告我，不可以把財產轉移給他，就什麼興趣也沒有了。甚至珊瑪也不能吸引他的注意力。他冒我名簽了幾張支票，去做非常卑劣的事。最後，我還是辦成了離婚。當然珊瑪歸我。」

「後來發生什麼事？」

「六個月之前，」她說，「華德開始用另外一種方法來攻擊。他要爭取對珊瑪的部分時間監護權。」

「你不是說過，他對珊瑪並不關心嗎？」

「他根本不關心，但有一天珊瑪會有錢。這當然是華德最主要原因。此外對我也是一個極惡毒的計策。」

「為什麼？」

「他以為我會付錢給他，叫他作罷的。」

「你有沒有付錢？」

「沒有，林律師說，一旦我開始付錢，就無止無休。」

「之後怎麼樣？」

「華德製造很多糾紛。突然，所有事情都停止了。」她說：「戴醫生，什麼也沒跟你說？」

「沒有。」

「正如我說，這件事突然銷聲匿跡。我和林律師都覺得不正常，也不明原因。但我們當然希望如此，不能自己去找麻煩。」她停了一下，又說：「昨天，華德的律師打電話給林律師，說這件訟事的進行，因為華德沒有付他律師費用，所以一度緩和下來。現在他又準備繼續進行了。」

「你為什麼要告訴我這些家務事呢？」

「因為我認為戴醫生的死亡，和這些都有關係。我和林律師談過，他也希望見見你。」

「好，我到哪裡見他？」

她從裙子口袋拿出一張林律師的名片。我放進口袋說：「好，我會去看他。」

「希望你在這裡不要客氣，我們——」

她突然停止，因為一位男士自起居室來到內院，看著噴水池。他很正式地向這邊鞠了一個躬，但很明顯在等候我們結束話題。我可以看到她臉上現出疑問和憂慮的表情。

「這什麼人？」我問。

她說：「霍克平，戴醫生的一位朋友。他曾在南美從事石油事業。戴醫生死前一天他飛回來。他回來的目的是歸還醫生一筆借款。」

「多少錢借款？」

「二百五十元，好像他是我姨父的朋友，他們在一個午餐會相遇，從此一見如故。霍克平是個流浪人。為探測油源東奔西走，每次返國也匆匆又離開，所以蘭姨從未見過他。有一次他幾乎破產，但得了一個去南美的機會。是醫生姨父支援他出國旅費的。

「據我聽到他在南美有時好，有時壞。找到好的油源，又要怕大公司來壟斷。這些都是十分困難的事。」

「繼續講。」

「就這樣。最後他把一切安排妥當，也安定下來。這次回國當然是業務關係，但他要辦的第一件事，是找到姨父歸還借款，並告訴他這好消息。可是他拿起報紙，看到這壞消息，對他真是個震驚。

「他寫了封信給蘭姨。信寫得非常好。她給我看過。是我見過最好的一封信。他說湊她的空，要見她當面還債。

「他在信中告訴蘭姨一些醫生的事，如非他說起，我們無法得知。他說醫生常暗中，不求名的幫助別人，不止是他，尚有其他人也曾受幫助而感激醫生。」

我問道：「他真來看戴太太了？」

「是的，戴太太在葬禮進行時見到他。他問他能不能來參加葬禮。他是很成熟，機智，為別人著想的。他說有一段時間他酗酒很嚴重，是醫生幫他戒酒，給他鼓勵。」

「你為什麼怕他？」

「我沒有——只是——我想我以前見過他。」

「你實話實說，我判斷起來會容易一點。」

她笑道：「我倒真沒有兜圈子。是不知道，也不願你走錯路。我以前見過他。我甚至可以確定，有一天晚上，他來家裡看我丈夫華德。我只瞥到他一眼，結婚不久後。」

「你有沒有問他這一點？」

「沒有，我沒有，我不想提我家庭狀況。再說，也可能是認錯了。」

我說：「那你為什麼告訴我呢？」

「因為，」她說，「除了你為蘭姨做事外，我要你也幫我忙。我要你去看林律師。我要你查查霍先生是不是認識華德。我總想也許霍先生無意中，露出點什麼華德的臭事，使我姨父有了把柄。裡面到底有些什麼，我要你查出來。」

「為監護權的事，是不是你真怕對簿公庭？」

她眼光看了我一回，慢慢移開，推託地說：「珊瑪已長大到有點懂事了。這些法庭上的證詞，對小孩不會有好處。即使華德爭到的，只是一小部份時間他可以和珊瑪在一起，但是結果也是想想都怕的。」

我把各種情況又想了一下，說：「我會去看林律師。」

「請你不要怕花錢，」她說，「這件事對我很重要。當然不是把錢亂花，但——」

「我懂。」

「能不能先見見霍先生？」

「有何不可？」

她立即站起。我們跨過內院，霍先生看著我們向他走近。霍先生，三十五六歲，高前額，很豐厚的黑頭髮向後披。下頷仰高，一如十分自滿於他工作。目光鋒利，有幽默感。

勞太太快速地用低聲說道：「我把你介紹為全家的朋友，現在起我們互相只叫名字，蘭姨說這樣好一點——」

「很好。」我阻止她說下去。

她為我們介紹。霍先生的手有力、熱誠地握住我的手。他說起話來聲音不大，但是使人覺得有信心，有力量。

「假如，」他說，「你和戴醫生很熟悉的話，你真是三生有幸，有這樣好一個朋友。」

「我完全同意。」我回答。

「這個人改變了我一生。」他看著我，想說什麼，慢慢又停住，給人的印象是，本來要讚揚戴醫生，又想想自己和他比起來微不足道，怎麼說都不足表示他對戴醫生的敬意。

勞太太說：「對不起，我要看看女兒。唐諾，剛才提到的人，你會去看他的吧。」

「我很高興照做。」

她微笑著離開。霍先生思索地看著她。「人真奇怪，」他說：「賴先生，我總覺得以前什麼地方見過她。就是想不起來。我真的想不起來。」他把臉轉向我：

「但是我見過她。」

我說：「這種事，常發生。我也有過這種經驗。」

「為什麼？」他問，「是因為的確見過，自己忘了，還是根本沒有——」

「多半如此，」我說，「有時候，公共汽車中一個女人坐你對面，正好她的大眼睛引起你的注意。下次在別的地方見面時，就有似曾相識的感覺。也許有這樣一次，你和戴醫生從飯店出來，她在汽車中等戴醫生。」

「一定是這樣。不過這個感覺真怪怪的。」

「她有個女兒，真漂亮好玩。」

「她和她丈夫分居了？」他問。

「離婚。」我回答。

「真不幸。」

「我聽說，你常見到戴醫生？」

「斷斷續續，我會連續一個禮拜、二個禮拜，常和他見面。或者一個月、二個月常見面。而突然半年、八個月的完全不見面。」

「你和醫生有兩個人都認識的朋友嗎？」

「有，我們都是同一午餐會的會友。好久前，我放棄了會友資格，但是只要我回來，一定以戴醫生客人名義參加。最近因為我去南美，所以有六個、八個月沒參加了。」

我說：「真是巧極了。六個、八個月之前，有人給戴醫生透露一些秘密消息，是有關兩人都認識的一個人的，當時曾經使戴醫生很感動。」

他銳利地看著我：「嗨，朋友，你在暗示什麼吧。」

「正是。」

他笑出聲來：「我不是要說你，但是——」

「我懂，不過這是戴太太一直想挖掘的事實。」

「你不知道是什麼人？」

「不知道。」

「你不知道可能是誰？」

「不知道。」

他搖頭，蹙眉說：「我不懂。」

我說：「不要放心上，我不過在戴醫生熟朋友中，東問西問而已。你六個月、八個月之前，見過他？」

他深思地說：「正確點說，七個月之前。」

「那一段時間，你常見他嗎？」

「沒有，我只見了他匆匆幾次。我們連著兩天一起吃中飯。飯後有一次在他辦公室見過面。只有一個黃昏我們有空閒聊。他起勁地說他佈置好的書房。」他突然停止說話，用眼睛看我說：「戴醫生有沒有和你談起過書房的事？」

「那些裝樣的醫用儀器？」我問。

「裝的其實是酒和偵探小說。」他用大笑補充語氣。

我點點頭。

「我想希頓不會隨便告訴人，」他說，「只有少數最接近的知己，才知道這秘密。」

「記不記得，他提起裝了一個保險箱的事？」

霍克平注視噴水泉幾秒鐘之後，才回答：「是有一個保險箱——談到過有一個保險箱。我看，是我和他一起中飯後第二天，他說他訂購了一個錢能買到，最好的牆上保險箱。他是那天才訂購的。」

「霍先生，我和你坦白說，我們非常想知道，在這之前，你和戴醫生談了些什麼？」

「怎麼啦，我不懂。是不是你認為，我給了他一點對他很有用的消息？」

「正是如此。」

「我實在想不起要告訴你什麼。」

「儘量回想，那時候，你和戴醫生討論過的任何一個人，特別是你說些什麼。

不要急，花點時間想一想。」

「這可是件難事，不過真對你們很重要，我就做。」

「真很重要，要謝謝你。」

「告訴你怎麼樣——」他說：「今天晚上我會坐下來，把我和戴醫生那次談話都想起來。我一面想，一面記。一兩天之內我再找你，告訴你。希望你不要對很多閒談，覺得無聊。因為我現在已想起些愚笨的談話了，都是這些，全差不多。久別重逢嘛，說張三、道李四的。」

「這談話，可能是有關一個——嗯，一個——嗨，又想起來了，在談話的時候，你有沒有給戴醫生看，你認識朋友的照片，或是團體照，有你朋友在裡面的？」

他說：「有，有，那時我正進行南美的事，我有張和南美來的人一起照的照片。另外有一張和地主們。再有一張我在舊金山照的。我們對我在遊樂場照的一張，笑成一團。你現在說起來我就想到了。戴醫生還要去其中一張呢。我就給了他。賴先生，你怎麼想起照片的？」

「我沒有想起，我問起而已。」

「是呀，你特別問到照片。」

「只是因為，有此可能性而已。」

他說：「我給希頓看的照片，絕對和你在調查的事沒有關連。照片上是一些對南美產業有興趣的人。希頓要一張照片，只因為南美對我的事業十分重要。」

我不經意地問道：「戴醫生沒有投點資嗎？」

他急急看我一眼說：「沒有。我現在倒真希望他當初投點資。你真會——問東問西呀。」

「盡力而已。」我說。

這次談話對他沒什麼影響。他用冷淡的語氣說：「很高興見到你，賴先生，也許我們會再見面。」

我也回以極輕快的語調：「噢，再見。我經常在這裡。」

他自管走開。不多久後，勞芮婷從她躲藏的地方現身。

「查到什麼？」她問。

「不多。他給過戴醫生一兩張照片，是一些對南美事業有興趣人的團體照。」

「看不出這和本案有什麼關係。」

「他也看不出。他說他在哪裡見過你。」

「那他就是來看華德的那個人。你有沒有告訴他——我的感覺，提醒他一下？」

「沒有。」

「為什麼不試試？」

「我想最好還是讓他自己想起來。我的工作是發掘資料，而不是到東到西分送資料。」

「也許我可以打破僵局，我去告訴他，我看他也——」

「不要，暫時讓他這樣，過一段時間再說。」

「你沒有引起他懷疑，或弄僵吧。唐諾？」

「嗯哼。」

「怎麼會？」她問。

「我問他，戴醫生有沒有投點資，在他的石油事業上？」

「他為什麼會在意這問題呢？」

「假如戴醫生有投資，霍先生就在欺騙戴太太了。」

「我不懂。」

「假如這二百五十元是戴醫生對事業的投資。突然，這事業有了大大的暴利。他回來，退還二百五十元，說是當初的借款。」

「會不會有什麼記錄，什麼——」

「可能什麼都沒有。」

她想一想我說的可能性。看著我說：「唐諾，你對人類沒有太多信心。是嗎？」

「你說對了。」我說：「你有辦法把丈夫弄到你律師辦公室嗎？」

「只有他認為可以得到些什麼時，才行。」

我說：「讓霍先生和你前夫碰頭。同時要個有經驗的人在邊上觀察。看他們無意的小動作和談話，就可知道他們彼此是否相識。」

「林律師可以嗎？」

「假如他是個好律師，就一定能勝任。」

「我去安排。我想，最好讓大家認為，你是我的——我的特別朋友——要扮成這樣。」

「可以，每次霍先生在場，我更要專心從事。」

「沒有人在場，就不可以。」

「那當然。嗨！進屋的男人是誰？」

「貝法斯，司機。」

貝司機是戴醫生死亡那天，我至車庫，見到他在工具室門口那個人。

我說：「我要看他一下。」

「法斯。」她低聲，有韻味地叫著。

他正要想開門，換了一個表情轉過身來。突然看到我也在，臉上又掛上假面具似的。其實他容貌非常好，有點電影明星樣。

「是的，勞太太。」

「昨天有沒有給我擦車，加油？」

「有的，勞太太。」

「夠了嗎？」她低聲問我。

我看到那侄子，丁吉慕，正在離開屋子。

我對勞太太說：「目前夠了。」她笑笑，用個手勢，把司機貝法斯打發走。

丁吉慕跨過內院，向我們兩人走過來。他走路神氣快速，像是喜歡直接行動的人。淡淡褐色的眼珠盯在我臉上：「我剛和蘭姑媽談過。她告訴我有關你的事——有關你是我們全家的朋友。」

我點點頭。

吉慕說：「這件事，使蘭姑媽的地位，變得很奇怪。」

「哪件事？」

「你是我們全家人的朋友，這件事。」

「為什麼？」

「戴醫生的朋友，從來沒有聽到醫生說起你。戴醫生一死，你立即出現，而且明顯是個核心圈內人。這一點容易使蘭姑媽發生困難。所以她說，現在開始，要你偽裝是芮婷的特別朋友。」

「勞太太已經告訴我這個計劃了。」我說：「我自己要記記清楚，以免大家不對頭，兩個人到了同一壘上。」

勞芮婷笑著說：「或者一個人，兩個壘都上不去，被夾殺。」

我對她做個鬼臉說：「你看我有上壘希望嗎？」

她說：「儘管試，多半三振出局。」

「謝謝。」我說：「我會試的。」

第七章　蘭姑媽的年輕侄子

卜愛茜說：「沒有，唐諾，她整天沒有來過——也沒有電話來。」

我坐下，給她一支香菸。

她搖搖頭：「白莎不喜歡我在辦公室時間抽菸。」

我說：「不要怕，我現在是一半老闆了。」

「我聽說了。」

她猶豫了一下，接受這支菸，點燃了。

我們默默地抽著菸。我告訴她：「我想你該加薪了。」

「為什麼？」

「因為你打字很努力。」

「白莎血壓會跳到二百九十五。上個月我曾經請求加『薪』。她差一點給我減『舊』。」

「你要求她加多少？」

「加十元。」

「加了。」我說。

「不行。」

「為什麼？」

「我意思是不要為我而發生困擾。」

「我想我有權。我宣佈加薪給你。那輛撞爛的腳踏車怎麼樣了？聽到消息了嗎？」

「還沒有，今天早上我還打過電話給全安保險公司。我想她很聰明，這一計對她失靈。」

「再試一下沒錯。」我說。

卜愛茜把香菸平衡在菸灰缸上，撥一個號碼，說一個人名，過了一下：「我是卜小姐。撞壞的單車有消息嗎？」

我看到她臉色有改變，從桌上拿起鉛筆，她說：「等一等……史娜莉，拜度東街，六八一號……她要多少錢？……是，完全是我錯，抱歉，謝謝，謝謝。」

她掛上電話，自拍紙簿上撕下一頁。「拿去，」她說：「她的真正地址。她要等車修好，有發票才能申請賠款。發票現在在全安保險公司，發票上的地址也相同。」

我把那張紙摺好，放進口袋，說道：「最好和全安保險公司繼續保持聯絡。直到支票寄出為止。我不希望史小姐追查你汽車牌號，開始打聽，發現你在哪裡工作，她可能會更換居住地點的。」

「這容易，我明天上午再搖個電話。我——」

門推開，柯白莎大步走進辦公室。

卜愛茜把香菸抛進菸灰缸，弄熄，轉回向著打字機鍵盤。柯白莎做了個九十度轉身，向我怒視著。我先下手為強，「一整天，你到哪裡去了？」我問。

白莎冷而小的眼睛發著勝利燦爛的光輝說：「釣魚。非常有趣的日釣。不必工作。我早告訴過你，我要使生活輕鬆化。請，不要讓我打斷你們的密談。我知道，唐諾，你是我羽毛長成了的夥伴。不過你要注意了，她不是夥伴，她隨時都可以更換的。」

「愛茜和我在研究案情。」

「真的呀！」

我點點頭。

她想說什麼。突然停止，臉上的殺氣退掉了一點，說道：「噢——有關那輛腳踏車。」

「一部份是為了它。」

「還有什麼公事呢？」

我說：「愛茜在跟我抱怨，生活程度日高，她收支有點不易平衡了。」

「她倒好，浪費辦公時間，向你爭取不會有用的同情。」白莎的眼睛生氣時是小而圓的。她說：「她上個月就向我提過，而——」

「她也沒有從我這裡得到同情。」我說。

盛怒之下的白莎，現出了大大的驚奇。

我說：「她沒得到同情，她得到現鈔，加薪十元。」

白莎想說話，我說話時堅定的語氣，提醒她暫時不宜，她站在那裡，愣著，嘴巴張得很大。突然暴風雨來到：「你這狂妄自大的小不點兒。是我在管這個辦公室。即使你是我合夥人，但是你沒有權不經我同意，給人加薪。在我看來，你——」

我對白莎說：「我們要吵架，在裡面辦公室吵比較好。」她看著我，兩隻小眼一搧一搧，突然大步走向私人辦公室，我跟進去，把門用腳關上。

她用最大的努力，把自己脾氣控制。她說：「我早該知道，會有這種結果的。那女孩並不值十元加薪，就像她不值汽車接送一樣。她的薪水不多不少，是一般秘書的價錢。她——」

「她比任何我見過的秘書，多做一倍的工作。」

「那又怎麼樣？」她詰問我：「她需要工作，我聘雇她。市面上要工作的一大堆。當然，一樣價錢就找最能工作的，這就是生意經。」

我說：「以前生活艱苦。職位少，要工作人多，你可以選人。現在時代不同了，不由你挑挑揀揀了。」

白莎突然打開她辦公桌的抽屜，拿出一支長的象牙菸嘴，重重的塞一支香菸到菸嘴上，塞得太重，把香菸塞破了。她要把破的香菸摔掉，改變主意，又把破的一段撕去，把餘下的塞進象牙菸嘴。她說：「你也許不瞭解。但是我隨時可以解除合夥關係的。」

我說：「我也可以呀。」

「你！」她說：「你來這裡的時候，口袋裡一毛錢也沒有，兩、三天沒有吃飯。現在你是合夥人，你賺錢比你以前夢想的多得多。你也要解除合約，不要笑死人了。」

我說：「卜愛茜得到十元的加薪，要不然我們兩個拆夥。」

白莎的手抖得連香菸也點不上。她乾脆站起來，站到窗邊，用背對著我。一分半鐘後，她轉回向我，臉上像戴了個面具。她做出和平的樣子說：「可以，親愛的，只要你受得了，我也受得了。你給我記住，你——你自己再也沒有薪水了，付完各種開支，你得純利的一半。你的問題是，你還以為在花我的鈔票，大方一點無所謂。你加她的十元錢，其中五元還不是從你自己的口袋裡拿出來的。戴家案子有進展嗎？」

「我要去見勞芮婷的律師，一個叫林福來的，認識嗎？」

「不認識，沒聽過，為什麼要見他？」

「倒也沒有特別目的。」

「什麼時候？」

「明天早上，芮婷會帶一個人去。她認為這個人，和她以前丈夫有點勾結。」

「說說看。」白莎說。

「她認為，這個叫霍克平的，給戴醫生情報，使戴醫生可以對付她的前夫，使她前夫不再騷擾她。不論給的是什麼，證據一定在牆上保險箱裡，而且已經被竊。」

「和首飾同時被竊？」

「之前。所謂首飾失竊，是自己製造出來以便報警的。」

「這些首飾，現在在哪裡？」

「我不知道，一只戒指在手套箱內，而──」

「是的，我知道。假如是戴醫生自己拿的，其他的首飾又在哪裡？」

「我還沒有研究出來。」

「她應該給我們一個獎賞。」

「什麼人？」

「戴太太。」

「為什麼？」

「替她找回首飾。」

「我還沒有找回。」

「你早晚會的。」

「我還不能確定戴太太要我們把首飾找回來。」

「那她雇你做什麼？」

「傀儡。」

「什麼傀儡？」

「避免勞華德發現，他的前妻芮婷正在和什麼人戀愛。」

「怎麼想到這一點？」她問。

「他們不要我做偵探，要我扮演家庭裡的常客，特別指定要演成勞太太芮婷的私人財產。」

「問題在哪裡呢？」

「目前還不知道。她表面很平靜。但太急於要我扮她親密朋友。」

「我還有點不懂。」

我說：「勞華德一度爭取孩子的監護權。試著證實珊瑪的母親不適宜於監護珊瑪。如此做，當然不是為孩子的利益，而是想弄點鈔票。突然發生什麼事，使他快快縮手。之後又發生了什麼，使他舊案重提。由於他一度縮手，勞芮婷以為沒有問題了，做什麼都自由了。她也許疏忽了一點。這些，都是七個月之前的事。」

「把你推到幕前來，扮她男朋友，有什麼好處呢？」

「他們無法證明，我和她有什麼不軌行動。對方也無法攻擊。」

柯白莎點點頭：「有點道理。」

「不久就可以證明的。」我說。

「什麼辦法？」

「假如芮婷到東到西，帶了我拋頭露面，就證實我猜得沒有錯。」

「為什麼要搞這些名堂，她已經離過婚，是自由的。」

「我找到原因後，就會知道她在怕什麼。」

「你想她是在害怕？」

「當然。」

電話鈴聲響了。

白莎拿起電話說道：「愛茜，是什麼人？」過一下她把電話交給我說：「姓勞的女人在找你。愛茜說你在開會，不可打擾。她問你今晚是否有空。蘭姨說最好你們兩個多多出現在公共場合。」

「告訴愛茜，我半小時後打電話回她。」

白莎轉告了口信，把話機向機台一摔，幾乎把電話摔爛：「她真愛上你啦。」

「那倒不錯，她自己名下有好幾百萬財產。我真想娶了她退休。」

白莎冷酷地指出：「假如她只想利用你呢？」

我站起來，走向門口。「有良心點！」我說：「人之初，性本善。」

拜度東街，六百八十一號，是一幢門面裝飾很華麗，兩側磚砌的公寓房子。大門上鄉氣地釘著金花，無生氣的休息室，裡面有駁了漆的廉價傢俱。另一側有扇門，標示著經理室，再上兩級階梯就是走道，及在兩側的公寓房間。房子只有三層，沒有電梯。三〇四房間在三樓，靠公寓前面。信箱上名字是顧桃賽。我按門鈴。門裡有動靜。門開了一個三吋縫——有安全鏈牽著。一隻熱情的黑眼，好奇地看著我。

我說：「有位史小姐，是不是住這裡？」

「沒有，這是顧小姐的公寓。」

「沒有史小姐？」

「沒有。」

「你認識一位史小姐嗎？」

「不認識。」她開始關門。

我低聲，快速，含糊地說：「奇怪，地址是她自己填的，這下她收不到修腳踏車的錢，可怪不了全安保險公司。」

我聽到一陣快速的腳步聲，而後是史娜莉的聲音說：「這個不要緊，桃，放他進來。」

黑眼女郎把安全鏈打開。我進入公寓。公寓有兩房——臥房和起居室。起居室也可以住人，有張壁床在牆內，晚上可放下。另有間小巧的廚房。

史娜莉一開始沒有認出我來。她看我有點面熟，然後怒氣和恐懼出現在她眼中。

房間一角，一位男士坐在桌邊椅子上。娜莉急急倒抽一口冷氣時，他看向我。光線照他臉上，是丁吉慕。

我說：「早，早，我不是故意要打擾秘密約會，我只是想這時間，大家瞭解一下最合適。」

丁吉慕把腳收回到椅子下面，不過支持他站起來的，倒是手的力量。他軟得像煮久了的蘆筍。

黑眼女郎是唯一不想溜的。她好奇地看我，不懂是怎麼回事。

我對她說：「既然沒有人介紹，你是顧桃賽。我姓賴。」然後我向大家說：

「現在，大家都認識了。我們可以聊聊了。我們在這裡聊？還是把桃賽撇開。」

顧桃賽把房門關上，說道：「為什麼不能在這裡談？」

丁吉慕說：「賴，不要誤會，這一切我都可以解釋，你來這裡之前，應該要清楚。」他看著史娜莉，增加了點勇氣道：「老實說，這也不關你事。」

史娜莉同意地點頭。

丁吉慕對自己的開場白相當滿意。越想越對路，向我慢慢走過來，兩肩是方的，身材瘦高，健康膚色的臉因為神情激動有點抽搐。從他過來的樣子，我看得出，拳擊也是他喜愛的運動之一。

他說：「我最討厭偷偷摸摸，我更討厭你鬼鬼祟祟的樣子，你既然來了，我從一數到三，你給我出去，一——二——」

我說：「完全不關我事。我是受雇於戴太太的。我會向戴太太報告，你向她去解釋好了。」

丁吉慕的聲音突然顯出驚慌：「你不要走。」

我說：「我沒太多時間，要說就要快。」

丁吉慕看看女孩，自己像電線杆頂上小貓一樣無助。

史娜莉說：「既然你對我私生活那麼有興趣，我就不妨告訴你一點。」

「這樣可省很多時間。」

娜莉漸漸能用平穩的聲調說話：「賴先生，千萬不可自作聰明，見到風就是雨。」

「繼續講，要編得好一點。」我告訴她。

她眼中顯著憤慨：「你聽我說，我不必去編。我對你老盯著我，已經沒有興趣了。告訴你一點秘密，也許你可以不再管我。我是住在這裡，我住這裡已六個月了。這是我室友，顧桃賽。我們有個租約，我又不知道戴太太那邊工作久不久，所以我就繼續付我的一半，也有一半的權利。兩個月之前，因為下雨，丁吉慕送我回來。他遇見桃賽。從此，他時常來看她。通常我都給他們製造機會，他來時我就出去，除非他帶她出去什麼地方玩。今晚上，我不願出去，因為心裡還有那件事情。

「我承認，戴醫生叫我報警，我沒有報警反而溜掉，是一個大錯誤。我不願告訴你，但是，是有理由的。我假如能不出面，只要警方找到了真正的小偷。我開溜的理由就不必告訴任何人。

「丁吉慕知道我全部情況。他能夠證明我的話。」

「沒有錯，」丁吉慕趕快說，「她是在說真話，賴。」

史娜莉繼續生氣快速地說：「我要求的只是不要打擾我。我也不管別人閒事，也不要別人管我。假如你真好心的話，不要整天找我麻煩，多花點時間去找那個偷首飾的小偷。」

「有概念是誰嗎？」我問。

她看看丁吉慕，猶豫地說：「我可不敢亂說。」

丁吉慕看一下手錶，遲疑一陣，拿起帽子。「我要和你談談，賴，」他說，「我陪你走到街口，我車停在那裡。」

史娜莉意味深長的看了他一下，消失於廚房的方向。顧桃賽走向他，伸手給他。「再見，吉慕。」她說：「我抱歉。」

「沒什麼。」

「我知道你什麼感覺——這種事多窘。不是我錯，我沒有辦法預防。你瞭解我嗎？」話音充滿憂慮。

「當然，當然。」他不安地說。

她貼近他：「吉慕，你不會——我們沒影響吧？」

「不會。」

她把手抱著他頭頸，把臉湊近他：「吉慕，你要保證。」

他好像急著離開。「我保證，」他說，「沒有差別。」

「你真好。」她說。半開的嘴唇湊上去。他低下頭，沒精打采地把手放在她腰上。一心想早點離開。

我站在那裡，等他們自行結束這幕話劇。

丁吉慕把手緊一緊，另一隻手伸向她頸部。她把手指伸向他頭髮裡。他們把肩部側向不同方向。

史娜莉自廚房出來：「時間差不多了，你們兩個醒醒。」

是桃賽把自己推開。丁吉慕還在看著她。口紅印在他唇上，他的臉發紅。

「你不必因為我的原因提早離開，吉慕。」我說。

他轉向我。「沒關係，我——我要和你談談。」他轉回向桃賽：「放心，不會有任何改變的。」

她露出笑容，目光經過吉慕看著史娜莉，又轉回向丁吉慕說：「不要發小孩脾氣，吉慕。要和這偵探合作。他要知道什麼，就都告訴他。」

丁吉慕拿起他帽子。

史娜莉說：「口紅印上了，丁，這些書還給你，我們都覺得很好看。」

她站到他前面，用塊手帕繞在手指上，替他把口紅擦掉。同時給他一個繩捆的牛皮紙包裹。

丁吉慕說：「再見，娜莉。」轉向桃賽，看看她，似有所言，改變意見，轉向我。

「再見，親愛的。」桃賽說。

他好像又想吻她的樣子。

我說：「走吧，我可沒那麼多閒功夫。」把門打開。丁吉慕立即跟我出來，我們並肩走下樓梯。在人行道上他說：「賴，我看你是個正人君子。」

「謝謝。」

「你看起來，能接受他人解釋。」

「什麼解釋？」

他說：「我不知你有沒有研究過，我在戴家真正的關係。」

「假如沒有過，馬上就要了。」

他說：「蘭姑媽是個自負、自我中心型的人物。她正好控制我現有的，和將來有希望得到的——每一分錢。我雙親什麼也沒有留給我。蘭姑媽供我大學畢業，她讓我去旅行，我很願意。事實上是陪她去旅行。她總喜歡隨時有年輕男性隨從。之後她不再向人介紹我是她侄子。從此旅行也不太愉快了。我們走了很多國家，南美，東方和歐洲。蘭姑媽一步也不讓我離開她。當然有時她睡了，我可以溜出去看看我自己想去的地方。

「旅行回來，她希望我留在家中陪她幾個月。我不幸染上了熱帶痢疾，對我健康影響太大。戴醫生叫我多休息，說我需要日光和新鮮空氣。於是我糊塗過日子，漸漸依賴這個地方。戴醫生正好也喜歡家中有年輕人，我想他有點嫌蘭姑媽的聒絮不休。」

丁吉慕深吸一口氣，轉過來和我眼光相對說：「這是真正的內幕。我覺得自己沒有什麼出息，也沒前途。但我沒有本領。我受的教育是文化方面的。不要以為我沒試過，我曾出去找過工作。我也向工廠求職。他們一調查，發現我和有錢人住一起，傳聞我是花花公子。當然我從未告訴過姑父，姑母，我曾經出去找事做。

「於是，我只好繼續這種生活。蘭姑媽答應在遺囑裡會記得我，她說我仍有熱帶病的後遺症，不可以出去工作，等我身體健康恢復後，她會幫助我創業的。她當然有這能力，用她的影響力，或是由她借用戴醫生的影響力，幫我達到找工作的目的，是隨時可以辦到的。但是她永遠不會宣稱我身體恢復健康的，永遠有另外幾週的日光和新鮮空氣。」

「你的蘭姑媽還有得活呢。」我說。

他像要說什麼。最後還是沒有說。

「再過二十五年，三十年，你就是一個完全沒有用的老傢伙了。」我說，希望逼使他說出已經在舌尖上的話。

效果好得出奇。他一下爆出：「蘭姑媽最多活不過二年到三年。這是因為心臟問題，而且越來越壞。戴醫生知道，但是沒有告訴她。戴醫生說最好不要讓她知道，她喜歡做什麼就讓她做什麼。因為她的情況是隨時可以過去的。」

「什麼人告訴你的？是戴醫生？」

他搖搖頭。「芮婷，」他說：「戴醫生告訴她，她告訴我。也許她不該告訴我，但是——她知道我的處境。我不太容易解釋，蘭姑媽非常自私。賴，也許我不該批評她，她不太喜歡我接近女性。她用各種理由，說女人會影響我正常生活，使我減少戶外活動，又會增加夜生活的壞處。但是真正的理由是她要吸引全家每一個人的注意力。她要做全家的中心，做任何場合的中心。我告訴你每件都是事實，有空你可以問芮婷。」

我說：「勞芮婷，要是不喜歡這個地方，她何必留在這裡呢？她又沒有經濟上的困難。」

「你如果能找到答案，」丁吉慕說，「你就真是個偵探了。」

「你想你姑媽，有什麼特別方法，可以把她留下？」

他聳聳肩說：「我說得太多了。」

「我看還不夠。」

他說：「賴，我們兩個能不能妥協一下？」

「不容易喔。」

「顧桃賽的事，你不會告訴蘭姑媽吧？」

「我是為你姑媽工作的。」

「但是，你的目的是找回首飾，和證明戴醫生不是自殺。你的目的是要回保險金。我和顧桃賽的事，和大局無關。」

「我會仔細想想。」我告訴他：「再見。」

他站在路邊，看我走開。

第八章　司機貝法斯

我開車走了六條街，停在一個雜貨店門口。打電話給警察總局，找珠寶盜竊組的厲警官。他今天值夜，正好進來上班。

「我是賴。」我說：「柯賴二氏私家偵探社的賴唐諾。」

他的聲音一點也沒有認識我或歡迎的樣子：「嗯，有什麼事？」

「關於戴家那件案子，我想送點人情給你。」我說：「不過我希望你，不要追究消息來源。」

現在他開始有點興趣了：「什麼消息？」

我說：「我們公司是在替戴太太工作。目的在本案另一角度。要是她知道我把消息告訴你，她會解雇我們的。所以你一定要掩護我。」

「聽你說來，消息很重要似的。」

「是很重要。」

「講講看。」

「保密沒問題吧？」

「絕對。」

「史娜莉，」我說：「戴太太的私人社交秘書，在失竊案發現後失蹤。她現在住的地方是拜度東街六八一號。公寓名字是顧桃賽小姐的——是她的室友。你動作要快，她們隨時會溜的。」

「你是賴？」厲警官問。

「是，賴唐諾。」

「地址是拜度東街，六八一號？」

「是的。」

「公寓是一個姓柯的名字。」

「不是，不是，姓顧。我公司另外一位老闆才姓柯。」

厲警官語音有了一點友善。「好，我記住欠你一個情。」他說。過了一下，加上一句：「假如真如你所說。」

「保證不錯。」我說。把電話掛上。

我開車到戴家。車庫上面司機住的房間燈亮著。我把車停側門，輕輕走過車道，爬一層樓梯，輕輕敲門。

司機貝法斯把門打開。

他的外型正如我已形容，相當高大，充滿「人之初，性本善」的樣子。我不太知道，這種天生「性本善」，是不是做作。高大的身軀一點也不笨重。厚、黑、鬈的頭髮給他很討女人歡心的自信。他咧開嘴巴向我笑笑，燈光下，他左頰部有一道疤痕。

「我是賴唐諾。」我說。

「是，我知道，有什麼事？」

「我要進去。」

他讓開一邊：「進來。」

房間三面都有窗。每個窗上都有百葉窗簾。都是新的。地毯已用薄，而且已褪色。一個書架，上面不少書。我走過去看看書名，大致是半年前的暢銷書。擺飾很恰當，整理也很花工夫。

貝司機說：「請坐。」

我坐上看起來是室內最舒服的一張椅子。他坐我對面。臉上仍掛著本性善良的微笑。他說：「對我，你不必裝出戴家朋友的幌子，因為戴太太把你的一切都告訴我了。也叫我和你合作。」

「那很好。」

「有什麼你想知道的嗎？我知道的都會講。」

「你來戴家多久了？」

「大概六個月。」

「你和史娜莉差不多同時來？」

嘴上的笑容仍在，眼中的笑容已消失：「我想我來的時候，她已經在這裡了。」

「那她在這裡也不久？」

「不久。」

「什麼人替你收拾這房間？」

「我自己。」

「收拾得真是整齊清潔。」

「我喜歡整潔。」

「怎麼沒有見到床？你睡哪裡？」

他用頭示向只有一扇單門的方向：「那邊還有一間。」

「我要看一看。」

我站起，他也站起。動作很慢，好像要決定給不給我看似的。我自顧自走向門邊，表示決心。他慢慢跟過來問：「想看什麼？」語音有點尖銳，先天善良本性已打折扣。

「瞭解情況。」我一面說，一面自動打開門，進去。

這也是一間三面不靠其他房子的大房間。也有窗，窗上也有百葉窗簾。有一張單人白鐵床。另有一張大的雙人核桃木床。一座核桃木梳妝台，上面有一塊大的鏡子，鏡子左右兩側都有燈光。有一座廉價的雜木五斗櫃，上面的鏡子已經變形了。有幾張椅子。地毯已經變薄。有一塊質料很好的印第安拿伯和族手工小地毯，在大床前地上。浴室在他兩個房間中間夾著，只有一扇門。我往浴室看。整齊，清潔。一扇窗，與浴室齊寬。上面也有百葉窗。

「宿舍不錯。」

「嗯哼。」

「你喜歡這種活動百葉窗？」

「對，可以隨意通風，你喜歡的話，照樣有陽光。」

「你一定是個好管家。」

「我也知道，我喜歡整潔。我把每輛車都管得乾淨，隨時可用。我把車庫管得乾淨，有秩序。我有一個強力的吸塵機，可以吸車墊上的灰塵。我也經常把吸塵機拿這裡來使用。」

「你還讀很多書？」

「嗯哼。」

「工作挺輕閒的樣子。」

「你在想喔！」好心好意樣子的微笑，又恢復在臉上。

「除了替戴太太開車外，要不要替別人開？」

「偶而替勞太太開車。」

「她有自己的車子？」

「是的。」

「你替她保養？」

「是的。」

「丁吉慕怎樣？有沒有自己的車子！」

「有的。」

「也是你保養？」

「嗯哼。」

「戴醫生車子？」

「他從不叫我管他的車，他的車保養、修理都在聯合醫務大樓車庫裡。不過我覺得他從不洗車。也許過一段時間他們擦它一下，他出診的時候，不論什麼氣候，車子總要在戶外，所以他說他用車做交通工具而已。撞壞了也不修。我認為他車的保險槓，可以做洗衣板了。」

我走向五斗櫃。一把普通的黑髮刷和梳子在上面。此外有一盒爽身粉，一瓶髮油，一瓶刮鬍子水。在梳妝台上有一把假水晶背的髮刷和梳子。

「這扇門通哪裡？」

「壁櫃。」

我打開門，是個大壁櫃。壁櫃也有個窗，也有百葉窗簾。幾套衣服在架子上。地下有四、五雙鞋子。不同的領帶在領帶架上。有一條粉紅色絲質領巾，也在領帶架上。

「這裡都是你自己整理——床也是自己整理嗎？」

「是的。」

我看著整整齊齊的床：「看來大房子裡淘汰下來的傢俱都到你這裡來了。」

「對的，戴太太更換房中傢俱時，舊的傢俱一部分就來了這裡。」

兩張床都整理得很好。我問：「他們准許你，有的時候，可以招待客人過夜嗎？」

他又微笑著：「偶爾。」

我走向起居室，坐回剛才那張椅子。「來支菸？」我問，把香菸盒送到他前面，他拿了一支，兩人都點上。

「還要知道什麼嗎？」

「是。」

「什麼？」

「我第一次看到你，是在車庫到工具室門口，在戴醫生屍體被發現那天晚上。」

「對的。」

「你沒有進來。」

「當然沒有。警察到東到西。那一天是我休假。我回來睡覺。女傭說戴醫生死了。我向內一看，見到驗屍官和那麼多條子。事情發生時，我不在家，我又幫不上忙，我就不必出來湊熱鬧了。」

「你還是站在門口一、二分鐘。」

「有。」

「之後你去哪裡了？你沒有上樓，至少我沒聽到你上樓。」

他說：「樓梯是水泥的。我的腳步也不重。」

「這樣說來，你還是上樓了。」

「是的。」

「隨即上樓了？」

「倒也沒有隨即上樓。過了一下下。」

「還是過了相當一下下吧？」

「那有什麼關係呢？」

「我要知道而已。」

他的眼睛現在看到憤怒了。厚厚下唇挑戰似的把嘴閉緊。他不說話。

「到底是多久之後？」我緊追不捨。

「無法奉告。」

「為什麼？」

「我沒有看錶。」

「可能是半小時之後？」我問。

「是的，有可能。」

「可能是幾個小時之後？」我問。

「我告訴過你，我看不出有什麼區別。」

我說：「據我回想，你離開那地方時，警察正在說要取每個人的指紋。他們剛發現首飾盒。」

他說：「賴，你給我聽著，你也許是個自以為聰明的小傢伙。你走你的陽關道，我過我的獨木橋。我不預備管你的閒事，我也不要你來管我的事。出事的晚上我都不在這裡。有必要時我可以證明我在哪裡。首飾的事，我完全不知道。現在請你不要來煩我。」

我說：「你壁櫃裡那條領巾真漂亮。」

我看到他有迷惑的眼神：「領巾？」

「是的，粉紅絲質領巾。」

「噢。」

「是你的嗎？」

他猶豫一下，說道：「不是的。」

「那麼，是誰的呢？」

他想了一下，說：「我不覺得這跟你有什麼關係。」

「也許有關。」

他突然笑著說：「少來，不要逼我。」

「我沒有逼你，我只要知道是誰的領巾。」

「我不知道是戴太太的或是勞太太的。我清理車子時在車裡發現的。我原要問一下。我拿了上樓，因為那件事一激動，忘記得乾乾淨淨。我會找出是誰的。現在，我的每件事你都知道了。可以——」

「房間裡的地毯，你來之前就在那裡吧？」

「這有什麼關係？」

「是不是？」

「是的。」

「那印第安地毯是後來的？」

「是的。」

我擺頭向那些窗戶：「窗上本來是用窗簾的？」

他沒有說話。

「這些百葉窗是什麼時候換上的？三個月左右吧？」

「差不多。」

「能不能請你告訴我，確實是多久之前？」

他想了一想說：「四個月。」

我說：「好，現在我們來看一下，那絲巾是你清車清到的。本來是想問一下是誰的，後來，因為戴醫生的意外死亡，一激動就忘記了。」

他沒有回答，由於我固執地等著，他慢慢地點點頭。

「那，你撿到這條領巾的日子，一定是首飾失竊那一天，或是第二天。」

「第二天。」

「也是戴醫生死亡那天？」

「是的。」

「你是整天休假？還是晚上休假？」

「只是黃昏之後。」

「你什麼時間撿到這絲巾的？早上還是下午？」

「你到底想證明什麼？」

「假如你是上午撿到的，」我解釋，「你就會立即問，不太可能先把它帶上來藏壁櫃裡。除非你快下班的時候，你不願意再回進屋子。也許你另有約會，不願遲到了。」

他細想了我說的話，點頭說：「是的。」

「這樣說來，你撿到這條領巾的時間，應該是五點鐘？」

「差不了太多。」

「那晚上，你晚飯在屋子裡吃的嗎？」

「是的。」

「你吃飯，是不是在廚房，和僕人一起吃？」

「是。」

我說：「我們再來研究一下那絲領巾，也許是重要的。」

「不見得有什麼重要性。」

「首飾失竊之後的一天，一個女人用車外出，沒有請你開車，否則你會記得是哪一位。你撿到絲領巾，不知是兩個女人中哪一個的。用車的時間你也不知道，否則你只要交給女僕帶進去還給她。再想想只有一個理由，你不把領巾請女傭帶進去問問，還給兩個女人中的一個，就是你知道，用車的人，不希望另外一個人知道她用車出去過。你說說看，是什麼原因？與人有約會？」

「你真會無中生有。」

「不是無中生出來的，是從絲領巾中生出來的。」

「在我看來差不多。」

我說：「現在，你來告訴我，領巾的主人，為什麼不希望另外那女人，知道她曾經用車？」

「我告訴你，我根本沒有這樣想過。我快下班的時候撿到它。我帶上來，就忘了。」

「你說過，你忘記歸還的理由，是醫生死亡引起的激動。」

「沒錯。」

「星期三晚飯後你不會整車子，星期三很晚戴醫生才死亡。」

他說：「你剛才已猜對過。老兄。我有一個約會，我時間算得很準。我吃飯後立即去赴約。這樣解釋清楚了嗎？」

我說：「是的，實際上這裡有三個女人。戴太太、勞太太和史娜莉。是史小姐的領巾吧？」

「不會。」

「你確定？」

「不太確定。」

我說：「我們再看看這領巾。」

他沒有立即動作，又過了一下，自椅中起立，用優雅闌珊但無奈的步法走向臥房。他一開始，我即跟著。他走進壁櫃，我移向梳妝台。我用食指拇指插進化妝台上的髮刷，拉出幾根頭髮。我用二個手指一捲，把它放進了背心前口袋。他從壁櫃走出來。我走向他把領巾接過，站在燈光下細看。過了一下，我把領巾還給他。

「沒有記號這是誰的。」他說。一面把領巾塞進口袋。

我說：「這是女傭人珍妮的。」

他無法掩飾臉上驚奇的表情。

「沒錯，是她的。」我堅決地說。

「你怎麼會這樣想的？」

「這種顏色和戴太太皮膚、頭髮、眼睛的顏色都配不起來。對勞太太而言質料又太差了。你自己說不是史娜莉的。只剩下珍妮。另外一點，領巾上的香水就是她用的那種。」

「找我麻煩，是嗎？」

「沒有，只是告訴你事實。」

我走回外間又坐下來。他走回他原坐的椅子，想要坐下，又改變意見，站在那裡等我離開。

我把香菸熄掉。他看看手錶。我不經意地說：「在裏邊的時候，沒有用現在這個名字吧？」

「當然不——」他突然停住，怒視著我，臉上現出凶相。「你——你這混蛋。」他說：「狗頭狗腦的，搞什麼?你——」

「不必這樣，」我告訴他，「你聽到要留指紋就開溜，我就知道你進去過。坐下來告訴我。」

他從椅子後面轉過來，坐到椅子上。

「到底怎麼回事？」我問。

他說：「算你對，我是進去過，這又有什麼關係？」

「什麼前科？」

「空頭支票。每次我有困難，我忍不住開幾張花花，錢不多，十元、二十元，總數也只百把元。快到期我就急著找出來支票在什麼人手裡，想辦法擺平。」

「用現鈔擺平？」

「我沒現鈔。」

「那怎麼擺平法？」

「好多種方法。」

「還是還清了？」

「當然，那時每次都可還清或擺平。我求他們暫時不要提款，我省錢一次或分次還他們，給他們做點事，或者——反正可以擺平。」

「那時沒有陷下去？」

他說：「差不多每半年需要出面料理一陣子。每次都很順利，我也有一點喜歡這樣子。何況我還有正當工作。」

「出毛病那次呢？」

「支票跳票，我又失蹤比以往久了一點。老闆一再警告過我，我也表示過絕不再犯——很多次。這次數目也多了一點。老闆開除我，一切就都浮出來了。」

「是什麼職業？」

「司機。」

「判多久？」

「一年。」

「多久前？」

「二年前。從此我痛改前非，沒再犯過。現在你知道了，預備怎麼樣？你要說出來，我又要失業，而且拿不到服務證明。找不到工作，又要回老本行，開空頭支票。」

「在哪裡執行的？」

他搖搖頭說：「已經過去了，不提也罷。」

「告訴我哪裡服的刑，對你有什麼損失呢？」

他說：「我是用真姓名服刑的。沒辦法，要身分證明。好在老人家沒聽到。我也不會讓他們知道。媽媽以為我去非洲了。她老了。要是她知道了，非急死不可。我個人倒無所謂。這是為什麼我不要條子留我指紋。貝是我出獄後自取的姓。我除了和母親寫信外，都不用真姓名。信也是寄郵局自己去拿的。」

我站起來。他跟我到門口。他問：「這些，你不會告訴別人吧？」

「暫時不會。」

「以後呢？」

「看情況而定。」

他開始關門。我轉身踏上一級階梯，說：「還有一個問題。」

「什麼？」

「當你在樓上的時候，要是樓下車庫引擎在轉，你聽得到嗎？」

「引擎沒有做事的空轉，是聽不到的。我保養的車子，即使在車子邊上，也不太容易聽到聲音。但是，我在樓上，樓下車庫有人發動引擎，我是一定會聽到的。

還有什麼問題？」

「沒有了。」我說。他把門大聲推上。

第九章　醫生的記事本

我走進屋子去，竇醫生才離開不久，戴太太表現很「勇敢」。不過還是把自己「包」在各種病的症狀裡。

「我不能被這件事把我自己打垮了。」她說：「我必須面對事實，用冷靜，合理方法來善後。」

「完全正確。」

「你知道，死亡是不能避免的。唐諾——我以後也叫你唐諾，這裡每個人都叫你唐諾。」

「很好。」

「你可以叫我可蘭。」

「謝謝你。」

「尤其是有外人在的時候，你知道，你要假扮是芮婷的朋友，她的——很要好的朋友。」

「我瞭解。」

「你不在乎吧？」

「不在乎。」

「竇醫生說得很好。他說死亡是誰也控制不住的必然後果，時間是最好的止痛劑。他告訴我，目前我最好的方法是轉移一種新的興趣，因為新的經歷可以忘記過去一切。」

「聽起來很合理。」

「是這樣。他說有的女人把自己關起來，整天悲痛，不出去找新的事物改變興趣，很多年之後，非但悲痛不減，而且在精神方面造成了很大的傷害。醫生建議我不可再憂傷，要我露面開始新生活，要我用新的經驗治療舊傷痛。」

「你同意了？」

「我不要這樣做，至少目前不想，但是這是醫囑呀。良藥苦口，你還是要吃。」

「不錯。」

「我真的不知道怎麼做法。竇醫生說，我的問題是太神經過敏了。我像根繃緊的弦，我的忍受力太脆弱。你不會認為我是神經質，一觸就跳的女人吧。我——我想你對這些沒有太大興趣。」她說，用她暴出的眼珠淘氣地看著我：「柯太太告訴我，你是一部用腦子的推理機器。但是她告訴我，女人看到你都會瘋狂地迷住。告訴我，唐諾，你自己說，這是不是真的。還是柯太太吹牛要引起我好奇心？」

我說：「白莎是說不定的。多半想引起你好奇心。」

她說：「也許是她先入為主的看法，和她自己完全不在乎女性柔和的美，是沒有關係的。就是如此。」

「也許就是如此。」

「你看來一天到晚只想到工作。」

「我們這一行，接到工作後怎麼能睡覺呢？」

「對，我想你是對的。但是，有的請你工作的女人，可能寂寞，害怕，或者要——」

「她們都指定我做一件特別工作，做完就算。」

「當然你不可能期望女人，直接什麼都告訴你。有的時候你一定要有點小聰明才行。」

「你說的也許對。」我說：「我小聰明是沒有的。戴醫生的記事本，現在在哪裡？」

「做什麼？在我這裡。」

「我想要調查，週三戴醫生死亡那天，他所出診的病人。我相信有兩個病人，最後醫生決定去看一下。其他病人他只是用電話處理一下。你把當天來電病人的名單，交給了醫生。我們有沒有辦法分出來，哪些病人，他用電話處理了，又是哪些病人，他親自出診去看了。」

「這跟保險事情有關嗎？」

「我不知道。他也許早已有那些首飾在車裡，預備交還給你。在他死後，被人自手套箱中拿走了。」

「有沒有什麼東西——什麼證據，可以證明他離開這裡後，才拿到首飾的？」

「還沒有一件可以稱之為證據的。」

「已經有什麼呢？」

「首飾盒裡還留著一只戒指，表示拿的人很匆忙，或至少非常大意。」

「面對值錢的珠寶，怎麼會大意呢？」

「因為拿出來的時候是很隨便的。早就決定反正要歸還的，所以就非常大意。」

「唐諾，這正是我叫你要迴避的理論。我要你證明，希頓和首飾失竊是無關的。」

「這我瞭解。但是你問我，為什麼有人會大意，我就告訴你。可是，另外還有一個可能性。」

「什麼可能性？」

「戴醫生自小偷手中取回首飾。他開車進車庫，全心全意於把首飾送還給你。

事前他還需小修他的車子，他吸了太多的一氧化碳。有人進入車庫，見他躺在那裡，把首飾自手套箱中拿出，不願意聲張醫生中毒的事。」

「唐諾，這是我喜歡的理論。」

「那我們向這方面努力。」

「你去做。」

「好的。」我說。

「可是，至少這個人要知道，首飾在車裡？」

「那一定的。」

「這個人，會是誰呢？」

「我還不知道。」

「你正在進行？」

「是的。」

「那麼，你會把首飾追回來？」

我說：「這是全案中，最小的問題。」

「我不懂你的意思。」

我說：「手套箱鑰匙就是車子點火鑰匙。唯一把點火鑰匙取下的方法，是關掉引擎。關掉引擎，才能把鑰匙拿下，你懂嗎？」

「又怎樣？」

我說：「不論是誰，要拿這些首飾，必須進入車庫，把引擎關掉，拿出點火鑰匙，用這鑰匙打開手套箱。」

「是，這你已經解釋過。」

「但是，」我說，「我們發現戴醫生屍體時，引擎是開著的。」

「你說，不論是誰做了這件事後，又把鑰匙放回去了。」

「是的，而且又點火使引擎轉動，讓引擎轉著，自己溜走。」

「為什麼？」

「掩飾刑案的證據——偷竊首飾的事實。」

「這樣說來，偷竊首飾是最大的罪，還有什麼呢？」

我說：「假如，戴醫生開車進庫，沒有熄火，瞎摸瞎修，吸入過多的一氧化碳，沒有其他不能控制的事故或動作，他的死亡是意外死亡，而不是死亡是由於意外的原因。他自己把自己放在一切都可能導致死亡的環境中。」

「這就是我律師告訴我的，我覺得不公正，我想——」

「但是，」我打斷她的話，說道，「假如，有人在戴醫生快死之前，把引擎關掉，又再把引擎點火，即使當時醫生已完全昏迷、休克、接近死亡，只要有一口氣在，法律觀點就完全不同。戴醫生的死亡就變成由於意外的原因。最後致他死亡的幾口毒煙，是重新開啟的引擎所產生出來的。」

她的眼睛張得更大。「唐諾，」她叫著說：「真聰明，真有你的，我完全沒有想到。」

「現在我高興，你慢慢懂我所進行的方向了。」

「這可以使我們向保險公司，要還那額外的四萬元了。」

「就是這個主意。」

她想了一會：「我們能不能用這個理論，和保險公司談判，要他們妥協，而不真正去找證據呢？」

「他們不會妥協，也無權妥協。合於合約就得全付，不合就一毛也不能付。反正我們非爭不可，這四萬元，對我們，對他們，都是全有或全無。」

「希頓出診去看病人，又和發生在這裡車庫的事，有什麼關係呢？」

「打開手套箱，從裡面拿出首飾的人，一定知道首飾是在裡面。」我說。

「我懂了。你的意思，希頓拿到了首飾。給他首飾的那個人跟了他來到車庫。是嗎？」

「很可能是這樣。」

她說：「我能正確的告訴你，希頓去了哪兩家出診。這對你有沒有一點幫助？」

「你怎麼會知道？」我問。

從一個小床頭櫃抽屜中，她拿出一本皮面的記事本。她說：「希頓記憶力很差。他自己也不相信自己的記憶力。所以他有條理地做一切事情。例如，只要他出診一次，他就記在記事本裡。第二天早上，辦公室秘書也不必問他，只要照本子上那一頁辦理收費就可以了。」

「他死亡那一天，那些出診，也都記下來了？」

「是的，有兩處出診。這兩處我都可以擔保沒有問題。兩位病人都是我認識很久的，都是女人。一個已婚，另一個是寡婦。她們生活太忙，太多社交活動，太多宴會──至少這是希頓常說的。你可以不必懷疑她們兩個。她們都太有錢，所說的症狀也是真有。希頓說她們真有高血壓。」

我拿過記事本，所記事項看得出，是自己都信不過自己記憶的人的手筆。但其方法和制度則優良出奇。有一張潮汐表，記著半年內，每週三高潮低潮時間。有一張電話表，記著很多醫生的電話，這些都是緊急的時候，他要會診或幫忙開刀的。最後一頁上，有一行寫著一串數目字。

「這是什麼？」

「我們就是從這一行，查出保險箱密碼的。」

我看看這些數目字問：「有很多困難嗎？」

「有一點。」

我揣摩戴醫生的腦筋，想他會怎樣做。我說：「我看沒有什麼困難呀！」

她很有興趣地看著我：「為什麼？」

「他是有計畫的，他信不過自己的記憶力。最可能的情況，是把密碼倒列。八十四是最後一個數字。多半指第一組數目是四十八。」

我不必問對不對，她的表情已經完全告訴我對了。

「唐諾，我說過，你真了不起！」

她語調中充滿驚奇，但眼中還有其他表情，我相當久才瞭解，是懼怕。

第十章 三個女人的髮絲

門上漆著：林福來，律師，法律顧問。

我推門，進入門內。勞太太已先我而來在接待室等我。一位紅唇，睫毛油染得太厚的女秘書，在桌後抬起頭問我要什麼。勞太太急急站起：「這是賴先生，他和我一起的。林律師在等我們——一起見他。」

秘書把紅唇咧成笑容：「是的，勞太太。」走向內間辦公室，我走過去坐在勞太太旁邊。

她看著女秘書進去的門，過了一陣，一半對我似地說：「不知道林律師為什麼用這樣糟的一個女秘書。」

「她怎麼啦？」我問：「不會打字嗎？」

「倒不是因為這個。她——太刺眼了。」

我說：「要支菸嗎？」把菸盒傳向她。她想伸手但改變意見，說道：「謝謝，暫時不抽，我安排好了霍先生來這裡見面。林律師安排好了華德和他的律師來會談。我告訴霍先生，假如他能十點鐘來接我，我一切都會就緒了。他來的時候我再給他解釋，說林律師臨時太忙，我們只好等候。」

她說：「是的。我已經好幾個月沒見華德了。不知——」

「假如華德和他律師早到了，場面就相當尷尬。」

「不知什麼？」

「不知他有沒有發胖？」

「他是不是想胖？」

「他喜歡吃油膩的食物。我教他自制，他減了二十鎊。」

林律師內間私人辦公室門打開，勞太太說：「大律師來了。早，福來。這是林律師，這是賴先生。」

林律師和她握手，又和我握手。他是短小、精幹、動作快、有點神經質的人。淺藍眼珠，稻草色的極細頭髮，好像是一堆洗得太多次的人造絲一樣放在前額很高的頭上。他戴了副眼鏡。他說道：「早安，賴先生。我瞭解你的情況。我會幫你們做戲。讓你和勞太太好像很親熱。」他停下，向我眨一下眼，又說：「你要故意討好於她，尤其華德進來後更要明顯一點。」

我說：「假如他以為他前妻帶我來，向他示威，會不會太刺激他？」

林律師鬥志旺盛地說：「我就希望如此。」

「你是說，希望激怒他？」

「這正好可以刺激他仔細想想。假如有機會，你要表演成追求她錢財的——你懂我的意思。你對芮婷財產十分有興趣，你陪她來律師處會談，為的是幫她保護財產。」

芮婷噘起嘴，向他說：「你把我臉蛋、體型看成那麼差，每個對我有興趣的男人都是看中我的鈔票？」

律師的笑容，充滿同情和熱誠：「這就是我要賴先生扮演的，他的興趣完全在鈔票。你懂的，對不對，賴先生？」

「我懂得你想要的效果。」

「你會盡你全力表演？」

「我不太知道追女人鈔票應該怎麼追法？」

「容易，你假裝已經把勞太太催眠一樣迷住了。她幾乎願意立即和你結婚。注意，你是為了她的錢。現在，我要回我的窩去了。露絲會在我應該露面的時候，用暗鈴通知我的。最佳露面的時候。是勞先生和他律師進來的時候。」

他突然鑽回自己的辦公室。把門關上。留下我們在接待室。

勞太太坐在椅中，面向著門。她移動了好多次，使裙子在膝上的高度，合乎自己的意思。而後向我笑笑。

「對不起，唐諾，我知道增加了你不少困擾，但這樣做還是很重要的。」

「使霍先生不知道我是偵探？」

「可以——這麼講。但是——好像——這樣是最好——」

門打開。霍先生進入。站在門口循室瞅望，好像使瞳孔適合環境似的。他見到了勞太太。笑著說：「喔，你已經會談完畢了，我來太晚了，對不——」

「沒有，」她說，「是林律師晚了。我還沒有見到他呢。他一直在忙。」

霍先生的眉毛抬起：「那——還好，我沒來晚。賴先生，早安。我想，就在這裡等好了。」他在勞太太另一邊，一張椅子上安頓下來。

林律師私人辦公室打開，露絲出來，手上抱了一大堆卷宗。她把卷宗放在自己桌子上，轉身向霍先生道聲早安，要問他姓名。

勞太太說：「他也是和我一起的。」

她笑著說：「林律師要我轉告你們，他實在太抱歉了。再過幾分鐘，他就見你們。」

她快快地讓自己坐在辦公桌後，拿出紙張，複寫紙，急急地放進打字機。而後打開桌子抽屜，拿出鏡子，口紅，開始唇部的補妝。

門打開。兩個男人進來。我匆匆看一眼，立即集中全力來觀察霍先生及勞太太。

勞太太微側下頷，雙目一本正經端莊地下視。霍先生只看了一眼，不經意地看向勞太太說：「律師生意不錯。」

她沒有回他話。她抬起眼，用假裝出來的甜味說：「華德，你早。」

兩人現在離開我們更近了。霍先生在他們走近時，在觀察他們。在他眼光中，只有一點點教養很好的人的好奇心。沒有別的。

勞太太說：「唐諾，這是勞華德。」

我站起，遇到的是一對充滿敵意灰色的眼睛。急速回望，看到霍先生也在仔細看，看的目標不是華德，是我。他臉上有不解的表情。

勞華德很明顯已經把失去的二十磅恢復了。他說：「早安，賴先生。你好嗎，芮婷？這是我的律師，紀先生。」

紀律師高大，寬肩，好看大骨骼型的人。從外型看來辦事不會太積極。勞太太介紹霍先生。林律師辦公室門打開。他就站在那兒，向每個人鞠躬、致意、道歉。解釋的理由正當。禮多人不怪地一再道歉，只是講得太多太快。

勞芮婷說：「唐諾，你乖一點在這裡等一下。霍先生，你不在乎也等一下吧？你和唐諾兩個人可以聊聊。」

她轉向她的前夫：「華德，你看起來滿好，挺不錯。」

他向她微笑著，說道：「我又胖了。」

「胖了嗎？我倒覺得你看起來滿不錯。你一說我才看出來了，是重了一點，不過——」

林律師說：「請大家進來吧。」

他們循序一個個進去，剩下霍先生和我坐在那裡。

門關後，霍先生湊過來向我，用低到女秘書聽不到的聲音對我說：「她先生幹什麼的？」

「我也不知道。」

他又用那種不解的眼光看著我。

我說：「她不太提起她丈夫的事。你有特別理由對他感到興趣嗎？」

「是的，我告訴過你，我有印象以前見過勞太太似的。我對她丈夫有相同印象。」

「這樣呀？」

「是的。起先沒有想到。後來那個人進辦公室的時候，是他走路的樣子，他肩膀擺動的樣子，那樣熟悉。我就像哪裡見到過他，只是想不起來。」

「很多人會這樣的。」

「你會不會？」

「不會。」

「我通常也不會的。我自信記憶不錯的。」

「會不會以前他們住在一起時，你在那裡見到過他們？」

「一定是的。我的潛意識甚至勾起一點不愉快的過去經歷。」他眨了我一下，很快接著說：「倒不是指勞太太。對勞太太我只感到似曾相識而已。但是對那位仁兄，好像——好像我自己在商場上打敗，才溜走似的。」

「你一點也記不起來？」

「想不起。」

「再想想有什麼線索，聯想一下。」

「沒有。我也仔細回想最後一次和戴醫生談話。也想不出什麼重要的線索。」

兩人坐著沒說話。我能聽到林律師辦公室裡傳出的嗡嗡語聲。過四五分鐘，勞太太出來。臉上有滿意與勝利的味道。

她對霍先生笑笑，經過他，湊向我的耳根，先大聲地對霍先生說：「霍先生，請你原諒我說兩句悄悄話。這是件小事情。但可能十分十分重要。」

「沒關係，我可以離開一下，假如你們兩個要研究一下，怕打擾，我——」

「不，不是那樣。我不過向你表白一下。」

她把一隻手熱絡地放在我肩上，身體壓在我肩上，嘴唇離我耳朵不到一吋，耳語：「唐諾，裡面談得太順利了。我太高興了。他對你很生氣。你一定要等在這裡，無論如何不要走。唐諾，我曉得你會幫我忙。這次我們完全把他騙過了。他也不是好騙的。」

我說：「那很好。」

她用更小的聲音給我耳語，可能我耳朵上已沾到唇膏：「他提了個辦法。我告訴他我要考慮一下，就出來看你。這一下給他刺激最大。你雖然坐在外面，但你是最有決定性的。他不太服氣。」

我說：「這一點我懂。」

她笑出聲，把壓在我肩上的手拿起，拍拍我的臉頰說：「你們兩位男士再等一下，不會太久了。」

霍先生疑慮地說：「我看不見得，像這種會議，兩個當事人，兩個律師，會談上很久也沒結果。」

她說：「喔，我有把握幾分鐘就完了。」她猶豫一下又說：「倒是我耽誤了很多你的時間。」

「沒關係。」

「我有一個人希望你能見見，戴醫生的一個好朋友。他對你很有興趣。」

霍先生說：「好呀，我也高興能見到他。」

「我真不是有心要你等。不巧林律師太忙，把我的約會延後了。」

霍先生把兩條眉毛皺在一起，看看他手錶，突然站起說：「說真的，勞太太，我想這會議會比你想像久得多。我在半小時後，有一個約會一定要去。即使你能在數分鐘內結束會議，我們再去看戴醫生的朋友，你知道，我不好意思握握手就再見。」

「那不好。」

「我們改天再去看他們，明天或後天。」

「我看也只好如此。」

她站到他前面，伸出手來：「霍先生，你真太好了。我想像得出我姨父會怎樣看你。今天耽誤你那麼多時間，實在不應該。倒也不是我的錯，但你瞭解的。」

「當然，當然，至少不是你自己能控制的。我還是很高興來了。」

「那真謝謝你，再見。」

「再見。」

他離開接待室，芮婷又走向我。她湊下來，再在我耳邊說：「你表演很好。唐諾。他有沒有顯出認識華德的樣子？」

「沒有，不過事後又不同，方便的時候我告訴你。」

她擠了我上臂一把。給我一個鼓勵的微笑，又回到林律師的私人辦公室。

秘書小姐帶著研究性的眼光看著我。

我又坐了十分鐘，突然門開了，勞華德和他的律師走出來。林律師隨後出來但只走到接待室門口。「你們都會諒解的，」他說：「大家不傷和氣，但是——」

「我們明天給你答覆。」華德的律師說，帶著他的當事人走出門外。華德斜斜地看了我一眼，門關了起來。林律師請我到他的私人辦公室。

我進去，林律師熱切地問：「他有沒有認識他的樣子？」

「開始沒有。後來告訴我，他見到他進你辦公室的樣子，好像以前見過——只是不知在哪裡——說是潛意識中有不愉快，說是好像商場上被欺騙過。你有什麼看法？」

林律師看看勞太太，考慮著，走到窗邊，站著看下面擁擠的交通，轉身向我說：「這些都說得過去。只要我們能提醒他的記憶力。他可能給我們很好的線索。但是我看不出，照這情況，他可能給戴醫生什麼對付華德的把柄，而現在又想不起來了。」

我說：「我真的沒有見到任何勞先生認識霍的表情。」

「對。」芮婷說：「我也注意到了，一點也沒有。」

我說：「據我看，勞華德倒不像你想像中那麼難對付。」

林律師：「倒是真的。」

我說：「會不會他演戲，做作，比我們想得高明一點？」

林律師問：「你怎麼說？」

我說：「假如他一見霍，就認出來了，但知道霍不認識他。但他知道只是早點晚點終究霍會想起來的。所以做了最好的妥協，好早點開溜。」

林律師想了一下：「這種說法很有觀點，只是他並沒有像你說的那樣打退堂鼓。」

「你這樣說可見我有誤解了。我一直以為談判很滿意。」

「錢的方面並不滿意。」勞太太說。說完就倒抽一口氣，好像要收回這句話。

林律師看得出很不高興。

我說：「我並不想多管你們閒事，我只是建議而已。我還能做什麼事嗎？」

她看看他，我能從他眼中看到放下心來的味道，因為不必找藉口，他們也可把我撇開。她用真心感激向我微笑：「不要介意，唐諾，你已經太好了——。你要是有要緊事情，你忙你的好了。」

我在外間停留了一下取回帽子。女秘書停下打字，思索地仰望著我。而後她看看林律師私人辦公室關著的門。

符法迪，刑事犯罪學顧問，正好在離開不遠的大樓裡有一個辦公室。我看清沒人對我特別注意的時候，通過馬路，上樓到他辦公室。

符法迪是現代科學偵探的一個好例，看起來像大學教授。

我給他我的名片說：「我要對這些頭髮檢定一下。」

他接下我從一個信封裡拿出來的幾根頭髮，看了一下說：「好，跟我來。」

他的實驗室是一個複雜、精巧的所在。我認識的儀器有，比較顯微鏡、噴霧檢查隱形墨水的機器、紫外線照相、原子吸收光譜儀、顯微照相、微量測定及雙目顯微鏡等。

「你要坐在這裡抽菸等，還是我做你看著？」他問。

「我希望能看你進行。」

「請到這邊來。」

他一次一根地拿起頭髮，把頭髮放在一張玻璃片上，兩端各點一滴膠水使它固定。把玻璃片放到顯微鏡下，調整焦距，一面發表意見：「這些頭髮，不是剪下的，是拔下來的。根部已稍有萎縮，有一根完全沒有外鞘。我先來說這一根，我現在在看的，屬於一個女人，四十到四十五歲，可靠一點說，三十五到五十歲。頭髮可能是稍加壓力落下，我認為可能來自梳子或髮刷。」

「都一樣的嗎？」我問。

他把幾根頭髮都初步檢查一下，說道：「不一樣。」

「另外的幾根，你能告訴我一點什麼呢？」

他說：「等一下，我還要換種方法看一下。」

他從每根頭髮弄下一段，放進一個機器，慢慢搖動一個手把。一小段，一小段頭髮，從一把刀片上切下，落在一塊玻璃片上，那麼薄，幾乎肉眼看不到。他用一塊蓋玻片蓋在玻璃片上，放進另外一架顯微鏡。他看了這些頭髮切片一段時間，又放進雙目顯微鏡去看。他問：「要不要看一下，賴？」

「嗯——」

我走向大的雙目顯微鏡，把眼睛湊向目鏡，看到的像是半寸直徑的馬尼拉麻繩。

符法迪說：「頭髮外鞘中，有沒有看到特別的紅色霧狀一塊一塊散在裡面？」

「來，看這根頭髮，你就懂了。」

他把玻璃片移動一下。紅色霧狀麻繩變了黑色的電纜線。他說：「從這根頭髮看，頭髮的外層可以看到點特別的東西。像魚鱗一樣，或是樹上的粗皮。看到嗎？」

「是的。」

「好，你再看剛才看的那一根。」

他又給我看馬尼拉麻繩那個視野。

「懂了。」

「看到霧狀紅色的東西嗎？好像隔了一層橘色玻璃。」

「是什麼？」

「一種染料。」他說：「多半是指甲花一類的，俗稱黑娜。」

「那我們至少已有兩個人的頭髮了。」

「不止兩個人的頭髮，你給了我五根檢體。我敢說來自三個不同女人。」

「能再詳細一點形容嗎？」

「可以更好的形容，但不是立即。目前只是初步表面檢查。假如你要詳細報告，我要把頭髮用乙醚和純酒精一半一半配的溶液洗過，乾燥好，用松節油處理，再固定在玻片上詳細檢查。到時報告才正確。」

「這要花多少時間？」

「四十八小時，可有完整報告。」

「那太久了。」

「我已經告訴你的，對你有幫助嗎？」

「已經有不少幫助，謝謝。」

「要不要我繼續檢查？」

我說：「把頭髮固定在玻璃片上，標明是我交給你的頭髮。給它們標上號碼，檢體一、二、三、四、五。我們以後也許有用。我會再和你聯絡。」

我開車去警察總局，厲警官非常高興見我。他握住我手上下猛搖，把我的背都拍腫，對著我臉興奮地噴雪茄菸，說道：「看到像你這種能幹、聰敏的私家偵探，真是高興。很多幹你們這一行的人，看不出奶油在麵包的哪一面。除了豬腦袋外，什麼也沒有。」

「給你的消息，有用處嗎？」我問。

「嘿，大了。」

「沒讓她知道消息來源吧？」

「當然沒有，對秘密證人我們保護十分周到。賴，我們兩個應該多多合作。我們要鼓勵私家偵探和我們合作。」

「那很好，有機會我會全力合作的。那個姓史的女人說些什麼？」

「不太多，但有一點很有興趣。她說她這樣離開，是因為戴醫生想占她便宜的關係。」

「喔──喔。」

「而且她堅持這一點。」

「有沒有詳細的形容？」

「有，還不少。不斷的找小理由接觸，要求單獨見面，不能得逞就用這種方法來壓她。」

「有這內情，陪審團會同情她。」

「是的。」他承認：「陪審團對這一類行為不會讚許，而那寡婦一定不希望宣揚。」

「你想這是真的嗎？」

「什麼真的假的？」

「她有這樣一個不得不開溜的原因？」

「看來——」他仔細想著說：「當然——」

「看來你已經有點相信她這個藉口了。」

「什麼藉口？」

「一個能幹的律師，替她想出來的藉口。」

他把雪茄在嘴裡換了一個方向。想了一下說：「這是個定製的故事。對她身分，環境都十分合適，但是我還不太相信。我明知一定有漏洞，但找不到在哪裡。賴，你說對了。一個能幹的律師，替她定製的藉口。」

「把她留在局裡嗎？」

「留到任何一位助理地方檢察官給她做個自白。目前任何證據都沒有。我們只對她的開溜發生懷疑而已。」

「這些事情，她一點也沒有告訴戴太太嗎？」

「沒有。當他伸出他爪子的時候，她勉強忍耐到忍無可忍的時候，就只好離開。」

「連回房拿牙刷的時間都沒有？」

厲警官蹙住雙眉說：「鬼也不會相信，賴，是嗎？」

「嗯哼。」

「越想這件事越不對勁。老頭發現他的首飾被竊，而後收回他伸向太太秘書的小爪子？」

「這一點，還比其他的疑點容易解釋。」

「說的也對。」

「老人家對首飾的失竊，並沒有放在心上。」

「顯然沒放在心上。」厲警官說：「你想像不到，老頭發現了失竊案，還有時間玩點小把戲。你想他是不是應該急著要立即報警？」

我點點頭。

「假如真如此，他為什麼不自己報警呢？為什麼要叫史娜莉去報呢？」

「只有兩個理由他要如此做，兩個都是很深的。」

「多深？」

「入地六呎，足可埋個人。」

他細辨我的話，而後把頭上下慢慢、若有所得地點著。顯然他暫時忘記了我的存在。我輕咳一聲，提醒他我在這裡。

我問：「告訴我點事情好嗎？」

「可以。」

「你們用什麼方法查證前科犯？」

「指紋檢定，你先把它們分類——」

「除了依指紋分，還有什麼辦法？」

「還有犯案方式呀，體型特徵呀……」

「體型特徵有沒有專門檔案？」

「不能稱之謂專門檔案。但假如，一個人沒有拇指，我們會把他歸檔於缺少手指一類的犯人中。我每個人給他張卡片，有時有用，有時一點用處也沒有。」

「假如一個人，在面頰的下部，有一個疤，可能是以前的刀傷，只要有前科，你就把他分類列卡對嗎？」

「對。」

我說：「希望給我機會看看這些檔案，讓我自由瀏覽一下。」

「為什麼？有特殊線索？」

「沒有，我希望自我訓練一下警方辦案手法。體型特徵檔案裡，只要特徵符合，不論小偷，詐欺，搶劫都在裡面嗎？」

「對。」

「讓我看一下檔案，會不會麻煩你太多？」

「你要特別看哪一部分？」

「男性，下巴正中有個大的深疤。」

他說：「好，跟我來。」

他帶我走過一個走道，經過一個鐵門，進入一個全是檔案櫃的房間。他說：

「全國我們檔案制度是最優良的。我們經費不夠，做這種工作是最花錢的。」

「看得出花了很多功夫。」

他停在一個檔案櫃前面，上面紙條寫著「頭部疤痕」。他拉出這只抽屜。裡面還有分類：左臉疤痕，右臉疤痕，鼻部疤痕，前額疤痕，頰部疤痕等等。

他拉出一疊卡片，說道：「不要把它弄亂了。」

「不會。」我保證地說。

他看看錶說：「我要走了，有人嘀咕你，就說厲警官帶你進來的。」

「謝謝你，警官。」

他一走，我就把我要的一部分卡片找到了。這部分卡片不多。我找到四個可能姓名及四個主檔編號。房間裡另外有警官在。用了厲警官的名字及主檔編號，我學會了怎樣去找我真正要的主檔卡，頭二張卡和我沒有關係。第三個主檔卡上，司機貝法斯的照片赫然在上。卡上記載：

施寶法，別名施法貝，別名皮貝斯，專竊珠寶及保險箱。有共同勒索，詐欺前科。此後單獨作業，無共犯、同謀或知己心腹。能得女人傾心。常用手法為與女僕相通，以得到情報，伺機使用。年齡二十九。前科包括因偷竊保險箱當場被捉，服刑新新監獄。該次亦為利用女僕把風。女僕因其他不正當戀情而事先告密。曾有叛國嫌疑，但未能證實。被捕次數：六次。對詢問皆閉口不答。由於無共犯，警方定案困難。

指紋分類，貝迪永式人體測定及其他詳情如背頁。

我把卡紙翻過來，把上面重要的都記錄下來。

想想我的下一步，還是應該回到戴家去。

第十一章　有趣的想法

我等候了半個小時，貝法斯才回來，他給我一個露齒的微笑。

我漫步到車庫前。

「我想你可以把會亮的弄來給我。」

「會亮的？」

「對呀，會亮的。」

「我為什麼要把會亮的弄來給你？」

「喔！我想你可能會幫一個朋友忙。」

「夥計，你在說我不懂的外國話。」

我向上望車庫上的房間說：「那些活動百葉窗真是好。」

「嗯哼。」

「風和空氣可以進來。需要的時候，也可讓陽光進入。」

「嗯哼。」

「把它放在合宜角度，不論裡面做什麼，外面都看不到。」

「又怎麼樣？」

「百葉窗裝好的同時，還弄了張新的床進去。」

「你真囉唆。」

「使上面變了非常舒服的地方。比新新好多了。」

笑容自他臉上趕跑，一度有匆匆的怒容，立即假笑又回到臉上：「喔，你連這也知道。」

「知道。」我點點頭說。

「摸過我的底？」

「嗯哼。」

「你要什麼？」

「會亮的。」

「老兄，我給你說老實話好了。我早就洗手不再幹了。我以前是非常內行的，但結果如何？你忙了半天，都是幫收贓的忙了。不經過收贓的，沒有人敢自己動偷來的珠寶。你偷了價值一萬元的珠寶，失主呱呱叫損失五萬元，而收贓的最多給你一千。你一年弄個八千一萬，全國所有警察都要捉你。弄得不好要吃免費飯，我吃了一次，曾仔細想過，再也不幹了。我要把餘生好好享受一下。」

我說：「是的，你的房間已證明這一點。我從梳妝台髮刷上拿了些頭髮樣品。你要不要聽聽，一個好的犯罪學專家憑這些頭髮，會知道些什麼？」

他看了我十秒鐘，才開口：「我喜歡和其他人相處。但我感覺到，我們兩個成不了朋友。」

「我只追一件東西。」

「什麼東西？」

「會亮的。」

「我告訴過你，不在我這裡。」

「我知道。」

「知道什麼？」

「你說不在你那裡。」

「既然說過不在我這裡，就不在我這裡。」

「給我去弄來，好不好？」

「我不知道到那裡去弄。」

「仔細想想，你也許給我去弄來比較好。」

他轉向我，看著我：「你唱的歌好奇怪。什麼人作的詞。」

「我自己。」

「我不喜歡。」

「喜不喜歡沒分別。」我說：「丁吉慕去史娜莉公寓看史娜莉，我正好闖進去。史娜莉有個同室女友顧桃賽。據說丁吉慕是去看顧桃賽的。據說是相戀的一對。」

「說下去，」貝司機說，「除了饒舌之外，你總算有點東西了。」

我說：「顧桃賽吻別丁吉慕，看起來他從未吻過她的樣子。」

「怎見得？」

「他有點驚奇。」

我見到貝法斯的眼亮了起來：「高電壓？」

「正是。」

「怎麼回事？」

「喔，我想她注意過他好多次，但是他從來沒有注意過她。所以她藉機給他看看，她不是沒有生氣的，不是死沉沉的。」

他想了一下問：「顧桃賽是哪一類的？」

「一般情況。不太老，也不太年輕。不太肥，也不瘦。大致來說，滿不錯的。給你吻別的時候腰會扭來扭去。」

「騷貨。」

「丁吉慕要離開的時候，史娜莉給他一個紙包。」

「什麼樣一個紙包？」

「包在牛皮紙裡，說是書。」

「姓史的住哪裡？」他問。

「拜度東街六八一號。公寓名字是顧桃賽的。」

「顧桃賽金髮還是褐髮？」

「褐髮。」

「臉蛋怎麼樣？」

「不是洋娃娃。有點性格。」

「有興趣。你什麼時候要這些會亮的？」

「越快越好。」

「不問其他問題？」

「我自己絕不問。」

他說：「我仔細想想。」

「不要想太久。」

「你又把我扯進去了。我在這裡本來滿好的。說不定還真可以享點福呢。」

「條子把你過去輝煌成就一說出來，就什麼都完了。在他們看來，前科加上失竊，等於什麼你是知道的。」

「你什麼時候把頭髮從刷子上弄下來的？」

「我叫你到壁櫃去拿絲領巾的時候。領巾的事，你做得不漂亮。你知道——車上撿到的領巾，拿進臥房，為的是找出誰的領巾？」

「我應該不要把它留在房裡。」

「應該。」

「那件事，今晚怎麼樣？」

「大概在十二點之前。」

他說：「我不知道那麼早會有什麼機會。」

「我要去收集一些氣壓資料。我認為今晚會有另一次東風。天有點黑藍，遠處的山又清楚得像在自己院子裡。」

「沒錯，頭髮裡都是靜電，每次我都會感覺到。」

「有梳過頭髮嗎？」

「嗯哼。」

「用梳妝台上那支髮刷？」

他笑著說：「不，是另外那一支。」

我說：「我等一下打電話給氣象台。假如今晚會有東風的話，你會有很多機會可以東跑西跑。」

「東風和這件事有什麼關係？」

「我一直在想戴醫生的死亡。假如他進車庫時，沒有把車庫門開到頂，突然一陣暴風，可能就會把車庫門關上。」

「這又有什麼關係呢？」

「只差四萬元錢。」

「怎麼說？」

「一陣突發較不平常的暴風，合乎保險單中所謂的，意外原因。」

「老兄，我不明白。」

「我想反正也不一定要告訴你。」

「那為什麼要開頭提起呢？」

「原因是告訴你，到時你有很多活動的機會。」

「好，老兄，我盡力而為。君子協定。」

「沒有什麼協定，我只告訴你我要什麼。」

「假如這樣說法的話，以後你再要什麼東西，我怎麼辦呢？」

我直視他雙眼說：「涼拌。」

「你很難對付，老兄。要是我管人壽保險，我不給你投保，理由是高危險性。」

「目前為止，你一點損失都沒有。」

「目前為止。」他重複我的話，好像把這句話要在腦子中轉兩轉似的。

「今晚午夜。」我說：「不要忘了。」自顧自走開。

我穿過車庫外面，來到房子的後門。有一塊小牌子寫著「送貨」，下面有個門鈴。我按鈴。過了一陣，女僕珍妮前來開門，臉上掛著大戶人家僕人對挨戶推銷員一貫的傲慢與輕視。

我可以看到她臉上表情改變——驚奇、也許一些懼怕、紅唇微啟、牙齒整齊美麗。

「喔，是你！」

她聲音只聽得出高興。

「戴太太在家？」

她噘起嘴來，有意義地問：「你要見——她？」

「是的，怎麼啦？」

「你要見她何必自後門來呢？我以為——也許你想見別人呢？」

她把眼瞼向下，長長的睫毛蓋在眼下，非常美麗，又把眼睛一下彈開，非常有風情的看我一下。

「我是另外有事。」

「喔。」

「史小姐房間，現在有人嗎？」

「沒有。」

「我想再看一下。」

「請你跟我來。」

她非常有效率地帶我通過廚房，走過內有僕役宿舍的一翼。但是我一進入史小姐以前住的房間之後，她跟進，關門，把背靠門站著，眼睛看著我每一個動作。

「還有什麼其他東西你要嗎？」

「沒有。」

我在房中環視著，她的眼光跟著在轉。

「當然，我不應該知道你在做什麼。」她說：「但是——有一點收穫嗎？」

「我想有的。」我說。

「你有沒有——我有沒有看見你，上車庫樓上，到貝法斯的房間去？」

「你有去過？」

「你——我意思你有沒有——」

我露牙笑著說：「有。」

她紅著臉，雙眼下垂。

「什麼人清理床舖？」

「他自己替自己整。」

「我不是說貝法斯的床，我指這裡。」

「喔，管家。」

我說：「史娜莉星期二離開。星期三戴醫生請我來。星期三晚上，我到這房裡來的時候，我發現鬧鐘發條還沒有鬆。我在想星期二晚上，是不是有人睡這床上。你在星期二晚上，有沒有看到史小姐回來？」

「沒有。」

「或者聽說她回來睡覺？」

她有點坐立不安了。「沒有。」她說。眼光避開我。

「你不知道，是誰睡在她房裡？」

「不知道。」

她把眼光抬向我，再垂下來，走過來，站在我旁邊，她把手放在我的臂上。她撫摸著說：「法斯有沒有說起我什麼？」

「他為什麼要說起你？」

她站得更近我一點，還握著我的臂，身體的熱力可以傳給我。她說：「在這裡工作無聊得很。每週只能外出一夜。工作之餘，當我們知道暫時不會傳喚，我們——我們也有一點自己的好時光。有時喝一點酒，有時——你也知道的日子要怎樣打發一下。」

「又怎麼樣？」我問。

「不要把你查到的每件事，都向戴太太報告。」

「為什麼不要？」

她眼光平穩地看著我：「因為她對法斯愛得發狂，她又是十分妒忌的。」

「史小姐如何？參加過你們一起嗎？」

「沒有，她不是我們一類的。」

我說：「我現在去看戴太太。」

「醫生還在裡面。」

「竇醫生？」

「是的。」

「他治她病，有多久了？」

「大概一年吧。戴醫生在治竇醫生的父親，所以他請竇醫生來治他太太。」

「史娜莉不跟你們混在一起玩？」

「沒有。」

「她當然也會感到，一個星期留在這裡六個晚上，很無聊。」

「我不知道，我從來沒有和她討論過。」

「晚上她做些什麼事？」

珍妮避開我的眼光，也避開這個問題。

「晚上她做些什麼事？」我重複一次：「做什麼消遣？」

「留在自己房裡，我想。」

「你看到這裡有光嗎？」

「是的，有時見到。」

「戴太太通常早睡？」

「是的，她心臟不太好。賓醫生相當為她耽心。」

「賓醫生在陪他？」

她點點頭。

「我現在去。」

她還是依靠著我的手臂：「你不會把——我的事，告訴戴太太吧？」

「有什麼好講的？」

她對這個問題想不出答案。我溫和地把手臂退出，也退出這房間。

賓醫生和戴太太坐在圖書館裡。他為她定了一架輪椅。現在戴太太就坐在輪椅中。對自己變成殘弱還相當感到有樂趣。他們抬頭，看著我進入。

戴太太說：「唐諾，我不知道你也在這裡。」

「已經來了很久了。」

竇醫生說：「那好，我也正想回去了。可蘭，一切都可以不必耽心，把心情放平穩。有什麼不對，打電話給我。」

「你太好了，華倫。我不知要如何感激你才好。」

他說：「我只希望能多幫你點忙。你不知道希頓替我做了多少事。」

他轉向我又說：「保險公司這件事，是我聽到過最荒唐的事。我認為他們這種態度是不對的。你辦得怎樣了，唐諾？」

「有一點進展。」

竇醫生轉到戴太太只能見到他左側臉部的位置。他說：「戴太太受到很大的震驚。最近恢復得很快。我不希望任何特別不愉快的事，使我們前功盡棄。」他用右眼慢慢的向我眨了一下，把頭側一下，走向門去。

戴太太笑著說：「不要讓唐諾認為我老了，不中用了。華倫。」她做作地看著我，等候我發表點讚美的意見。

我說：「我一直以為你是戴醫生第二個太太，因為你看起來年輕得多。我最近才發現，有史以來只有一位戴太太。」

「唐諾，你在拍我馬屁。」

竇醫生回答：「他只是把事實說出來。親愛的。」他退一步又說：「現在我真的要走了——還有件事，賴，你怎麼來這裡的？公共汽車？」

又一次他的一隻眼睛向我慢慢一眨。

「是的。」我會意。

「是不是順路，我送你回去。」

我說：「那太好了。」

「嗨，唐諾，有什麼要報告的嗎？」

我點點頭。

她說：「講好了。我對我醫生沒有秘密的。」

他笑著說：「你是好病人。很多其他病人沒你好。」

我說：「我認為，今天晚上會有東風。」

「怎樣？」

我說：「你記得，戴醫生死亡那個晚上，從沙漠裡吹來的東風，造成相當大的一個聖太納。」

「這有什麼關聯？」

我說：「所有這種整塊硬式，平平向上向內推的車庫門，都在門的最上部——開門的時候反而向外的部份——裝有一個平衡重量，使門易於開關和隨意固定位置。門開到最高水平位時，自車庫內無法關門。除非利用一根連在橫桿的拉繩。事發當日拉繩被高擱門框上。有現場照片清楚可見。」

「你以前也提起過相似的話，這表示什麼呢？」

我說：「這清楚顯示兩種可能情況。第一個情況，戴醫生打開車庫門，把車開進車庫，走出車庫，把進來的車庫門關到底，打開車庫另外一個門，進車庫把門關上，開始修理引擎。第二個可能性，當他把車庫門打開時，知道裡面繩子位置，知道他不可能自裡面關門，所以沒有把車庫門全部推開到頂。使自己在裡面夠得到庫門，以便關門。」

「但是門不可能開一半。」戴太太說：「那些門，外面有槓桿，一開就開——」

「可以，這就是我說過的平衡重量，平衡重量和門差不多重，可以把門平衡在你喜歡它的位置。」

「你試過嗎？」

「是的。」

「那你有什麼理論？」竇醫生問。

我說：「東面來的風相當強烈。門是靠平衡維持位置的。暴風使它失去平衡，把門關了起來。」

戴太太說：「我看不出這有什麼差別。門怎麼關的有關係嗎？」

「因為兩個可能中，有一個死亡不是因為意外的原因，而另一個就是。」

「你說這個風可以是——」

「意外的原因。」我說。

竇醫生說：「我不懂。」

「在第一種情況，」我指出，「所有死亡原因，都是死者應該知道避免的。而第二種情況下，突然少見的風暴，提供了另一種介入的因素。」

「我懂。」戴太太說。

竇醫生興奮地說：「那你準備怎麼辦？」

我說：「我正在等另外一個東風。今晚可能是我要等的一晚。我已問過氣象台，他們也認為有可能。」

「是否要導演一次現場試驗？」

「是的。」

戴太太說：「一切都有希望了，假如——」

竇醫生用職業的關切口氣說：「我認為你不參加為是。現場看太刺激。再說萬一失望——風不夠強，吹不動門——就有點洩氣。」

「喔，華倫。我要參加，親自參加。」

竇醫生看看錶：「賴，你什麼時候做這試驗？」

「東風一來就開始。我可以和氣象局聯絡，他們早半個小時，可以確定暴風幾時到。」

竇醫生咬著上唇。「很好。」他說，突然做了決定：「我儘可能趕來。要是我在這裡，可蘭，你可以坐在輪椅上參加。要是我沒有來，你聽聽結果算了。記住，不能跑樓梯。」

她向他撒嬌：「華倫，我要自己去看嘛。」

他問：「賴，你想暴風幾點鐘會來？」

「氣象台認為九點鐘。」

「我儘可能趕到。」竇醫生用最具磁性的職業微笑說：「賴，你要是準備好了，我們就走吧。」

我跟隨他走出來。一路走向他停車的地方。

「你的車停哪裡？」我問。

「一條街外。」

「我來的時候，沒看見呀。」

「我很少停在房子前面。我只是想告訴你可蘭的情況。她自以為只是精神震驚。事實上嚴重得多。」

「有多嚴重？」

他說：「戴醫生不要我告訴她。」

「是什麼？」我問。

他很嚴肅地說：「這和你沒關係。我只是要你瞭解整個情況。我不要她再有震驚。假如你今後查出任何可能使她震驚或不快的消息，在告訴她之前一定要和我聯絡一下，由我來選一個最合宜的時機，向她報告，當然是醫學觀點上，最合宜的時機。」

「你指的是哪一類——會使她不快呢？」

他看著我：「戴醫生假如有兩種生活方式的話。」

「你認為，有這個可能性嗎？」

「有一點點懷疑。」

「懷疑有一段時間了？」

「這個，」他說，「也是不希望你多管的一件事情。我也會和氣象台聯絡，密切注意風暴的消息。假如我在場，她可以參觀這試驗。萬一我不在，絕對不能讓她參與。很可能我要當場給她打針什麼的。」

「所謂使她不快的消息，」我問，「除了她先生對她不忠外，包不包括其他的呢？」

他進了他的車子，帶上他的開車手套。

「生氣，對她的病是最最不利的。憂愁是第二個不好現象，這兩種精神狀況，不惜任何代價一定要讓她避免。」

「好消息呢？」我問：「勝利？或——」

「生氣和憂愁。」他說：「我儘可能保護她。希望你合作。」

「完全痊癒，沒有希望嗎？」

他對我說：「我不必告訴你那麼多，我只告訴你不可使她生氣、憂愁。你要發現任何戴醫生的事，最好先告訴我。你應該懂得這種情況。再見。」

「等一下會見到你？」

「我儘量會趕來。」

「她是一定會來看的。」

「我真的不太希望她在場。尤其我不在的時候。」

「要是真有風來，我只好進行。我不能拖延。」

「我懂。」

我說：「你認識戴醫生，有多清楚？」

他眼神看著我的眼睛：「你問這幹什麼？」

「又想到雙重生活那件事。」我說。

「那件事怎麼樣？」

「三角形的另一個角，你有沒有想過史娜莉？」

他想了一下，簡單地回答：「有。」

「而你知道這些事情，可以支持這個理論？」

「對。」

「哪些事情？」

他搖搖頭。

我說：「也許很重要。」

「當然很重要。」他澀澀地說。

「醫生，你這樣看，這件案子裡我們可能站在同一位置，但也可能是敵對的。我覺得我們不應該敵對。」

「嗯！」

「我覺得你不太提供消息。」

「我不知除了已給你的之外，還應給你什麼。」

「好，我告訴你。我已經找到史娜莉。她住在拜度東街六八一號。公寓是以顧桃賽的名字租的。我去拜訪她，發現丁吉慕在裡面。我認為吉慕在追史小姐。他們裝著要我相信吉慕在追桃賽。這一幕戲，對你有沒有意義？」

竇醫生閉上眼，好像他考慮這件事時，要把我關在門外一樣。等了相當久，他說：「有點意思。」過一下又說：「我倒真希望如此。」

我說：「據我看，丁吉慕，在戴太太的氣勢下，對史娜莉產生了正常的愛慕感情。戴家內在的這些因素，使這簡單事情稍趨複雜化。極有可能戴醫生聰明的瞭解這情況，知道了他們的感情，私下是同意的。」

竇醫生突然爆出充滿信心，解脫地說：「老天，賴兄，我希望你是對的。我只知道有次戴醫生應該早上六點到醫院，為一個急性闌尾炎開刀，但是他沒有去。我也正好為另外一個急診去醫院，知道他沒有去。後來大概七點鐘，我開車經過一個公園，我看到戴醫生和史娜莉在玩網球。他們兩個都沒有見到我。我認為戴醫生他們開始很早，已快要結束了。」

「還有其他跡象嗎？」

「有兩次戴醫生晚上說要出去出診，但是他的記事本上，沒有記下要收費的對象。」

「現在，你漸漸接近我想要的消息了。」

「什麼？」

「戴醫生出診，但是不記到記事本裡。這種可能，有多少呢？」

他說：「絕對不可能——除非他故意不記。戴醫生一板一眼，對自定制度絕對遵守。而且把每件事都定有制度。你為什麼問這件事？」

「我認為出事那晚，他有去一個地方出診，但是沒有記在記事本裡。」

「為什麼會有這種想法？」

「他也許去看了個人，這個人知道保險箱中失竊的是什麼東西。」

「你說首飾？」

「不是，是首飾之外的東西。請他去的人，一定像一般病人請醫生一樣。戴醫生才會應約而去。」

再一次，竇醫生閉上了眼。「很有趣的想法。」他說：「但是我不認為——不過也許你是對的。」

「你有沒有什麼辦法，可以幫助我查出來？」

他搖搖他的頭。

我說：「找史娜莉說不定有點希望能幫我忙。」

他鄭重地把這句話考慮了一下，點點頭說：「這條路較為可行。」

我說：「戴太太說過，記事本上所列兩處當晚他去過的地方都不會有什麼——」

他用猛烈的點頭，打斷了我的話。「那兩個病人我都認識。」他說：「戴醫生過去後，是我在替他們看病。她們都不可能。」

「那他一定另外去了一個地方出診，但是沒有記下來。」

竇醫生慢慢搖頭：「這個可能性，實在也不大。」

「唉！我也只好孜孜於這一線索了。」

突然，竇醫生的手，從車窗裡伸出來，抓住我的手說：「我怕我對私家偵探一向有點偏見。但是我現在明白，你很有腦子，而且會用腦子。不論有什麼我可以幫忙的，打電話給我。」

這真是一個大的局勢改變。看著他把大車自路邊開走，我握住自己的手，看骨頭碎了沒有。「你也不必一下那麼熱心！」我對著越走越遠的車尾說：「這隻手，我還有用呢。」

第十二章　聖太納來臨

在黑暗裡，我們一群人站在車庫前。竇醫生把戴太太安置在輪椅裡，半身蓋著自己的睡袍。柯白莎，結實、勝任，用銳利、堅定的眼睛看著所有的人。

戴太太邀請了霍克平，也許他不請自到——我始終沒有知道，也許戴太太也不知道。霍克平又圓滑，又機智，他要什麼都能得到，而且好像還是他人建議，自己勉強接受的。

勞太太堅持她律師林福來應該在場，什麼原因非我所知，除非她想我有可能會做出欺騙法律的事來。我自己曾經和保險公司聯絡。他們也派出了他們的調停人，一個叫聞培固的，我有個感覺他也是個律師，雖然他掩飾得很好，好像只是公司的代表而已。

氣候預測，給我可以進行的指示。大氣中充滿聖太納來臨的前奏。溫尼摩加附近聚成了不常見的高氣壓。加州下半部海岸氣壓都低。氣象台的理論，這些強風部份是由於地球旋轉天體引力的原因，大量的空氣團自內陸形成，壓力使空氣變熱同時失去水份，沿了一定的路徑移動，一路增加動能，經過不毛的沙漠時，又失去了大量的濕度。八點鐘的時候，氣象台報導強風已吹過凱洪隘口，正在通過可卡瑪加地區，對加州下端將造成戴醫生出事當晚相同風力的暴風。

每人可以感到微風自東方而來。每人都煩躁，有一觸即發的感覺。我的皮膚摸上去是乾燥的。鼻黏膜也是乾的。周圍空氣沉悶而靜寂。頭上星星顆顆閃亮，清楚得好像用來福槍可以打下來似的。

林律師說：「我只怕你的東風最後借不到。有的時候，它一跳，就把洛杉磯跳過了。」

「我知道。」我說：「但是今晚一切氣候情況，都和戴醫生死亡當晚，完全一樣。」

聞培固，大骨骼，食古不化、自大傲慢的冬烘先生典型。向上看看平衡著的車庫門，門開到和一人站著正好同高。「我一點也看不出，你究竟想證明什麼。」他說：「我只是來看看你做些什麼，如此而已。即使庫門可以被風吹下來，對我也沒有什麼意義，對我公司也沒什麼意義。」

我很有耐心地說：「戴醫生死亡那天晚上，這根繩是擱置在上面。一如現在那樣的。庫門要是開到最高處，從裡面是無法關閉的。人在外面開關，可以用槓桿，但一定要在門外才能關門。顯然戴醫生不可能走出車庫，出去關上門，再進來，修理引擎。」

「何以知道他沒有？」

「這是不可能的。」

「在我看來，也許可能。」

我說：「四萬元錢，歪曲了你的判斷力。十二個人的陪審團會比較理智些。」

他生氣地說：「四萬元不四萬元，與此無關。保險公司賺得起，也賠得起。我們欠人錢就付錢。不欠人的，一毛也不能付，法律也不准我們付。」

「我知道。這一套聽多了，我自己也會背了。」

「這是事實。」

「在我看來，只能說也許是事實。」

「你倒說說看，那晚發生了什麼事？」

「戴醫生打開車庫門，沒敢開到頂，大概和現在差不多高。因為他知道拉繩不能用，開到頂，從裡面不好關門。」

「聽起來雖然對，但是你怎知繩不是他關門後，擱上去的？」

「因為早上的時候，司機注意到拉繩被擱在門框上面了。他想用一個高凳，爬上去把它拉下來——但他有個約會。」

「就算門是這樣。戴醫生進來，又怎樣？」

「引擎有點問題，他要修理一下。」

「什麼問題？」

「風扇皮帶鬆了。」

「風扇皮帶沒有鬆。」

「他已經弄好了。」

「引擎開著修理嗎？」

「沒有，他整修時引擎是關著的。而後他發動引擎觀看修理的效果。他也許是對廢氣大意了一點，因為他以為車庫門是開著的。」

「那車庫門又是怎麼會關起來的呢？」

就在這個時候，在我還來不及回答這個問題之前，風猝然吹過來。突發、可怕的第一陣風，像鞭子一樣擊向房子，吹動棕櫚的葉子嘩喇嘩喇地響，掃過鄰居的房子，變成驚人的怒號。

我們等候著。庫門不住顫抖，前後猛搖。

我說：「大家仔細看好。」

第一陣風颳過後，有一陣平靜，而後第二陣暴風直衝我們。勞太太用手掌邊緣像刀一樣切向她裙子，再用兩膝把手和裙子一起夾住，另一隻手護住頭髮。強風把她衣服吹得緊貼在身上，美好的曲線一覽無遺。車庫兩邊屋簷有兩個照亮燈，此時搖搖晃晃。人們各人做不同的行動或旋轉來對抗強風的猛攻。地上的影子變得醜怪如神話幻境。

聞培固大聲說：「我對你的理論評價不高，賴。沒什麼意義。看那門只會猛搖。如此而已。」

第三陣暴風衝著我們衝過來。車庫門慢慢開始移動。我說：「有了，仔細看這一下。」

門突然大聲向上開啟到頂。使車庫全部打開。接著是聞培固大笑的聲音。

我說：「當時的門，可能還要更低一點。」

「再低車怎麼進得來？」聞培固譏嘲地說。

我拉動槓桿使庫門慢慢關下，在正好我頭髮可以碰到門的下緣時停止。我再把門用手拉下一些。我說：「門也能在這裡停住。」

「當然能在這裡停住，車子怎麼進來？」

我說：「這一點，我們以後討論。先看看風把它怎樣。」

沒有等久，我們有了答案。風變成有規律的吹，不再那麼尖銳或突然，但像是空氣組成的一道牆，很有後勁的擠過來。我放好位置的庫門，前後搖擺著。下降的時候，只一下子，就砰然碰上了與地平的門檻。

林福來挑釁地說：「看，培固，這還有錯嗎？」

培固說：「我告訴你錯在哪裡，他不可能開車鑽這樣高低的車庫門。即使他真鑽了，他也會聽到門關上的聲音。」

「他也許太專心在做自己的事。」

「這樣大聲音，要多專心才聽不到？」

我說：「我們開戴醫生的車看看，看能不能通得過。」

我們開他的車出來。我把門調整到正好比車高超過一點點。不管閆培固的反對，門高只差一點點就要刮到車頂的漆了。然後我說：「這樣車子可以進來。」

「他絕對不可能從這一點縫裡，開車進庫。」

「你的意思是進不來？」我問。

「我的意思是不會願意試。」

我什麼也沒有說，只是很快把車開進庫——這個高度，我們早就預習過好多次。我們大家不說話，等候著下一陣風的來臨。

汽車離門較遠的時候，看起來絕對鑽不過這樣低一個縫。這樣大一陣陣的風，大家看起來，只要一吹，門一定會吹下來，直打到地上的。

風又漸漸一陣陣，一陣陣來了，準備著下一陣暴擊。

閆培固回到自己車上，拿出了一架帶閃光燈的照相機。他說：「沒有一個神經正常的人，會開車鑽這樣一個縫。」

聞培固走到車庫門口照了張相，又走遠點，拍了張遠距離的相。

正當他拍完遠距離的相，走回來的時候。另一陣強風吹進房屋，一下擊在門上。

這一次車庫門連搖都沒有搖，它潤滑地向上，一直開到頂。

在我身後，我聽到聞培固大笑。

在我旁邊，柯白莎輕輕地：「他奶奶的！」

丁吉慕說：「各位，戲演完了，大家可以回家了。」

保險公司聞培固說：「我已經開始了。」照相機放回車裡。竇醫生彎下腰，和戴太太在講話。

林律師提高聲音說：「各位，等一下。」

大家停下來，看著他。

林律師說：「賴，你應該看一看，門上的平衡重量，有沒有被人動過手腳。」

我說：「天黑之前我看過。跟車庫其他門沒兩樣。」

聞培固爬進他的車，發動引擎。

竇醫生推動輪椅，要送戴太太回屋。

林律師說：「門，這樣移動法，我不太滿意，我還是要看一下它的平衡重量。告訴我，是放在哪裡的，賴？」

我走向車庫，聞培固開亮車頭燈，準備後退車子到車道上，想一想，又把車停好，走過來看我們做些什麼。風不斷平穩地吹著。

我把車庫裡面的燈打開。林律師向上看著門說：「應該有個重的東西來平衡它，在哪裡，賴？」

「門的最上緣有個平衡重量，」我告訴他，「一塊厚的鉛條，應該是沒人動過手腳。」

林律師四周看看，找到了一張高凳，他爬上去檢查門的頂部。「沒錯，」他說，「你說的對，但是，這扇門——我總覺得有點地方不對。」

聞培固輕鬆地說：「沒關係，我陪你到底，你們玩厭了我再走。平衡重量又怎麼樣了？」

竇醫生把輪椅推回來，等著。

「平衡重量沒問題。」我告訴聞培固。他回到他的車旁。

竇醫生走過來參加到我們二個人裡，他看著我，蹙著眉道：「這傢伙！」

柯白莎跟了他走過來，現在站在他後面，說道：「一隻假道學的河馬。」

竇醫生向她笑笑。他好像自看到白莎，就一直對她很有興趣。「現在的問題是，」他說：「大多數的企業，都以個人工作的結果，來評定他的價值。我認為保險事業，以統計來賺一定的利潤。所以總公司倒不在乎賠款。但是地區經理和調停人，拚命省錢，為的是表現他們多能幹。」

我爬上高凳用手去摸，車庫門框上有塊鐵板遮掩著的後面。門全開時是水平的，鐵板使門上儘量看不到橫縫。

「小心蜘蛛。」白莎說：「這種地方最可能有黑寡婦。賴唐諾，應該帶隻手套。」

「這裡沒有蜘蛛網。」我說。一面沿了框上摸進去。

竇醫生好像要給白莎一點好印象。他說：「假如一個門經常要開開關關的話——等一下。賴！你說上面沒有蜘蛛網？」

我說：「沒有蜘蛛網。我看你跟我一樣——想到這個重要性了。噢，等一下。」

我的手指，沿了鐵板摸出去，摸到後面門的上面，多了一塊固定門上的鉛塊。

我說：「什麼人有電筒？」

竇醫生轉交了一個給我。

我爬到高凳的最上一級，把頭偏側著，正好可以看到遮起的縫裡。庫門最上，面向車庫，新裝上的一塊鉛塊。

「把保險公司派來的人叫回來。」我說。

竇醫生向聞培固叫喊著。聞培固已經發動車子，而且已經倒車駛向車道。

「什麼事那麼緊張？」竇醫生追上車道時，丁吉慕問我。

「門背上，有人放了塊鉛塊。」

「那怎麼樣？」

「門的上半就重得多。本應吹下來關門。反變開門了。」

「又怎麼樣？」

我說：「也沒什麼，可以省保險公司四萬元錢。」

丁吉慕十分信心地說：「保險公司不可能做這種事。」

「公司，當然不可能。」

我聽到腳步聲，竇醫生快步地回進車庫來。他對聞培固說：「這裡另外有點東西，請你照張相。」

「什麼東西？」

竇醫生出去追聞培固的時候，我即做了些探查工作。「在這裡，門的上面，有一塊鉛塊，被固定在那裡。」

「瞎說。」聞培固說：「這樣狹窄的地方，怎麼伸手進去裝。連個釘子也放不進。」

我說：「不一定，看門背後有兩個螺絲釘，好像一點用處也沒有。」

「怎麼樣？」

我說：「有人從這一面鑽二個洞，放二個長的螺絲釘過去，通過這個鉛塊上鑽好的洞，只要用二個螺絲帽，就像現在一樣固定在門背上了。你看，看起來是新完工的。」

「你今晚六點鐘檢查之後，裝上去的？」賓醫生問。

我說：「這點，我無法確定。因為晚上我沒有檢查這個地方。我只是看一下平衡重量沒有人動過。」

「你要怎麼辦？」丁吉慕問。

「大家不要碰他，警方可能從上面找得到指紋。」

賓醫生說：「讓我去告訴我病人。老天！我讓她一個人坐輪椅上，而我——」

「沒關係！」白莎澀澀地插一句：「你去追保險公司那人的時候，她從輪椅起來，走到這裡看發生了什麼事。現在已回到輪椅上又做她不能動的病人了。」

賓醫生說：「她怎麼可以這樣做呢？」大步走向輪椅。

我爬下高凳。

賓醫生焦慮地彎身，重新給戴太太整理蓋在身上的東西，一面關懷地問著問題。

聞培固，全身充滿了忿怒，說道：「這明顯是個設計好的騙局。我早就知道你們想做這一類臭事。什麼試驗，還不是騙人的。」

「你在暗示我們弄上去的？」我問。

「正是如此。」他說，「你想叫保險公司坍台，你要打官司的時候，可以說，保險公司在竄改證物。這些都是很老的辦法了。你看到試驗沒有成功，你也看到四萬元騙不到了。你突然發現保險公司的調停人，放了一塊重量，來影響你的試驗結果。你們這些混帳的私家偵探，你們統統都是吃人的騙子，你們——」

白莎說：「揍這個龜兒子，唐諾。」

我向他前進一步說：「我真的不知道什麼人另外放了一塊平衡重量，在這不應該的地方。我也並沒有說是你放的。也許是你，但對天發誓，絕不是我放的。」

他輕蔑地說：「胡說，你他媽最知道誰把它放上去的。」

「你說謊！」

他臉紅起來。他說：「好，小鬼，你給我聽著。我不太願意揍一個又小又矮的王八蛋。但你們騙子這一套，我看厭了。我——」

我看到白莎向我們接近。我伸出手掌，摑了他一個耳光。

我想這一下他比白莎更為驚奇。有一下子，他愣在那裡，下巴下垂著。而後他突然向我衝過來。

我可以估計到，至少他的拳會打到我身上。但是我突然想起了，在辦上一案（《拉斯維加斯，錢來了》）時，孫路易教我的那幾手。我想也沒有想很自然地把人一矮，一側。聞培固的右拳，從我肩部滑過。

這也不像是真的打鬥，像是又一次我和路易在練習拳擊。我把右臂緊靠我身側，當他出拳的動能，帶著他向我衝來的時候，我一拳打向他的胃部，用我全身體重跟隨在拳頭之後。

我感覺到他堅硬肌肉的抗力，也感覺到突然軟下來。知道他腹部的突然塌陷，是因為我擊中了他穴道，所謂太陽神經叢的原因。再一次，就像路易在邊上給我指導，叫我不要忘記一樣，我把已收回的右拳很快由下向上，趕上他下巴湊上來的時候，一拳擊上。

他的牙齒變成響尾蛇，又會響，又會動。他眼光透著不相信，隨即變為遲鈍。

我知道，一圓圈的人，眼光都在看我。聽到竇醫生急急雜亂地說：「不要看，可蘭，不要看。我把你帶走，你不可以激動。」

戴太太生氣地說：「把手拿開，不要碰我的椅子，我要看，我要在這裡看。」

柯白莎向我大叫：「揍他，揍倒他，你笨蛋。站在那裡看什麼看，揍呀！」

聞培固雙腿搖晃。他用兩隻像彈珠似的眼睛看著我。用左手揮出一拳，離開我下頦至少有兩尺。跟著像從後褲口袋撈出的右拳，也沒有奏效。

我躍步向前，揮拳打擊他身體。

他的膝部彎曲。勉強再打出一拳，擺動著失去平衡，臉朝著下面，一下子倒在車庫水泥地上。

我退後幾步，給他身體讓路。神經緊張得全身顫抖。我相信我連拿根火柴，點支菸的能力也沒有了。我看到四圍看我的人，眼裡都有驚畏和尊敬的味道，連白莎都充滿了驚愕。

我自己更比她出乎意外。

白莎一半耳語似的說：「這傢伙活該。」過了一會兒，又加一句：「他奶奶的。」

第十三章　書中的鑽石

柯白莎，把自己滑進公司車前座，坐在我旁邊。「這一些，到底是為了什麼？」她問。

「哪一些？」

「你既然早就發現，有鉛塊裝到門上去了，為什麼不先拿掉它？」

我說：「把它留在那裡，就成了好的證據。」

「證明什麼？」

「證明有人在門上動手腳。」

東風，咆哮著經過山路，打著車子，車子在避震器上搖著。棕櫚樹的長葉子，像大風裡吹翻過來的大雨傘。乾熱的大氣，在汗還沒有形成之前，就揮發掉了。看不到的細沙，使人的皮膚摸上去像羊皮紙。

柯白莎說：「要做一次這種試驗的話，今天真是天賜良機，占盡優勢。沙漠來的風比我見過的，哪一次都更厲害。下次再要做這扇門的試驗，可能要等上好幾個月。」

我點點頭。

她說：「門上被人放了個鉛塊。只要那重量在，你就不能做公平的試驗。你為什麼不把鉛塊拿掉，再看這個門，會有什麼反應呢？」

「因為，鉛塊拿掉之後，門的反應沒什麼差別。」

「你怎麼知道？」

我說：「你自己想一想，有一定的範圍，門可以平衡在轉動軸上，不自轉動。門在轉動軸以上部份越輕，門才可以開得越小。」

「怎麼樣？」

「目前有了別人加上去的重量，我們才能固定在汽車剛開得進去的低位。沒有這重量，門一開可能要開到頂，才能平衡。即使如此，當風吹到它時還是向上開，不是向下關。」

「我以為，沒有這重量時，風會把它吹下來，關起來。」

「可以確定嗎？」

「不能確定，以為而已。」

我說：「會是個很有趣的試驗。」

「看樣子你不想去試它。」

「不試。」

「也許別人會試。」

「讓他試。」

「為什麼你不去試？」白莎問。

「因為這不能證明什麼。那拉繩被擱在夠不到的地方，很奇怪。拉繩連在一個橫桿上，目的是先把門降低到手夠得到的位置，然後可以用手來拉門，關門。」

我說：「門被打開的時候，只有一個範圍可以固定不動。另加的重量在上半，才能使門停在汽車剛可開進的位置。在這個特定位置，有風的時候，把門吹開，而不是吹關。」

白莎問：「沒有這個重量呢？」

「我不知道。」

「什麼人知道？」

「可能沒有人知道。」

「唐諾，你是全世界最令人生氣的小魔鬼。有的時候，我恨不能空手把你扼死。這次的風像颱風。我說過，連我也少見風那麼大。林律師說對了，大多的聖太納跳過洛杉磯，只有八分之一或十分之一，才吹到這裡來。」

「我知道。」

「你要等上幾個月或幾年，才再有機會再做這個試驗。」

「對。」

「那，你到底是什麼鬼主意？」

「是不是你很憂心？」

「當然。」

「那好，」我說，「一定另外有不少人，也會擔憂——包括保險公司在內。」

白莎眨了好幾下她的小眼睛，在消化我給她的重要宣告：「你說你的目的是使保險公司擔憂。」

「目的之一。」

她又想了一下，說道：「你是個有腦筋的小怪物。你想叫保險公司主動找我們來妥協。你讓他們一直擔心這扇門。你堅持不要碰它，要警察來查指紋，你真的使他們大大擔心了。」

「不見得，這可能制不了他們。」

她說：「我現在懂了，你在搞什麼。保險公司現在擔心打起官司來，他們的情況，你會把試驗實況報告，提出照片證明有人搞鬼，甚至暗示是保險公司。硬說如果沒有這塊重量，門一定會關起來。迫著保險公司主動希望再做一次試驗。可是他們哪裡去找一陣東風呢？」

我什麼也沒有說。

「你在玩比較困難的遊戲。」她有點生氣地說：「你不先向我說明，我真生氣。你始終對我不太有信心——你要去哪裡呀！」她見我開向路邊停車，立即改變話題。

「我要在這個雜貨店借打個電話，叫部計程車，送你回家。」

她生氣得漲紅臉：「你這個小不點的混蛋。」

我把公司車熄火，把鑰匙放進口袋。

「這是幹什麼？」

「這樣是怕你突然把車開走，把我丟在這裡。別急，計程車叫起來快得很。」

我走進雜貨店，打電話叫了部計程車。我回來的時候，白莎坐在方向盤後面，下巴堅決地向前戳出。她宣佈說：「你要不告訴我怎麼回事，我就不離開這部車子。」

「我要告訴你實話，你會合作嗎？」

「當然。為什麼？」

「好，告訴你。」我說：「事實上，有人給戴醫生一包首飾，要他交給他祖母。但是大壞狼認為可以假扮他祖母，拿下首飾。他——」

「閉嘴！」

我不開口。

白莎直直僵僵坐在那裡，滿露憤慨之色，轉向我要說話，話在口中突然停住，變成極為關切的表情。「你面頰上，怎麼啦？」

「哪裡？」

她用手摸我臉一下，相當痛。

白莎說：「是一塊發青的，那傢伙打到你的？」

「他沒有打到我。」

「可能是他的手臂或肩部。你真的一拳把他打垮了。老天，唐諾，看樣子，你可以一拳把我打昏的樣子。你想想看，你打那麼多次架，這是第一次我親自見到你打架。說起選對象，你真會選大個子！」

「路易時常說，個子越大，動作越慢，打昏他們也越容易。」

「沒錯，你是打昏他了。為什麼全世界女人都喜歡看男人打架。也不一定打架本身，而是誰打勝了，女人都發狂的熱愛他。」

「你有沒有發狂的熱愛我？」

「你這小混蛋！我把你牙齒都打下來，閉上你的嘴！我當然不會發狂的愛你。我從來沒有發狂的愛過任何人。我在說姓勞的女人。」

「她怎麼啦？」

「你應該看看她看你的樣子。她臉上的表情。嘿！」一輛計程車自街口轉過來。看到它車頭燈靠邊漸漸停下。「這是你的交通工具。」我告訴白莎。

「除非你告訴我這是怎麼回事，還有你現在要幹什麼，否則我絕不離開車子。」

「你明天早上還要去釣魚。」我提醒她。

她猶豫一下說：「那沒關係。」

「我們和戴太太約定，只要保險公司支付那四萬元錢，我們就可以分一部份。」

「怎麼樣？」

「你讓我放手一個人去幹，保險公司肯付那四萬元的機會，會多得多。」

「唐諾，你玩了太多一個人去幹的把戲了。」

我說：「不知你有沒有想到過，萬一我違犯了法律，那是我一個人的責任，由我個人負擔。假如我告訴你，我可能違犯法律，你期待因我違犯法律而得到的錢，你是共謀。你就——」

她身體已一半離開車子。「我想你是在唬人。」她說：「不過你既然要去工作，我不阻攔你，早睡早起，明天還要釣魚呢。」

她走向計程車，走到一半，躊躇一下，走回來，向我輕聲地說：「小心點，唐諾。你不太懂什麼時候應該停止。你勇往直前，可是不懂得剎車。小心點。」

「你不是總說要成效嗎？」

「我要你留在監牢外面，給我多賺點鈔票，你這小混蛋。」

計程車司機替她開車門，白莎就這樣含恨盛怒而去。我並沒有等計程車離開路邊，發動車子開往戴醫生的家。我把車停在一條街之外，自人行道走過去，房子裡還有燈，車道上沒有人。車庫燈光已經熄滅，所有車庫門都已關閉。車庫上司機的宿舍仍有燈光自各窗戶露出。不像屋中其他燈光明顯，只是濛濛的亮光，可能是百葉窗的效果。

我沿著房子，走過車道時只走有草的路邊，走上樓梯敲門。貝法斯把門打開一條縫，看清楚是什麼人。「請進來。」他說。

我走進去的時候，又乾又熱的風，吹著我的背。我用力把門關上，走過去，坐下。衣服和皮膚之間好像多了一張砂紙。

「有沒有機會在屋子裡搜索過？」

「機會！你太能幹了，屋子裡每一個縫縫──我指的是，你想出來，藉機打一架。我甚至還有時間，又打開保險箱看了一下。」

「保險箱密碼你怎麼知道的？」

他笑著說：「大家都在說，醫生把密碼寫在一本小本子裡，你總不會認為我笨得把這種事當成耳邊風吧。」

「你找到什麼？」

「會亮的。」

「在哪裡？」

「在丁吉慕房間裡，正如你所說，包在黃色牛皮紙裡。」

「你把紙包拿出來了？」

「別傻了。我要是做了，你我兩人，都有了去聖昆汀監獄的單程車票了。保證今晚臨睡，他一定看紙包還在不在，但是不會把紙包打開來。假如紙包不在，他會回想今晚這裡的一切，會知道只有一個時間可能發生這件事。你用個方法把所有人引出屋來。每個人都有不在場證明。只有我這個倒楣鬼。我可不想——」

「你對紙包怎麼處理？」

「我做了件漂亮事，」他說話時，牙齒都露了出來，「我把會亮的拿了出來。紙包裡倒真的是書——書當中挖個洞，首飾都在裡面。我解開紙包上的繩子，把首飾拿到，放進我口袋，然後把紙包像原來那樣用繩子紮起來。我甚至打了一個一樣的結。還是個女人打的老太婆結呢。」

「是什麼書？記得嗎？」

「怎麼啦？只是書而已。」

「你不記得書名吧？什麼人寫的，內容是什麼？」

他不明白地問：「這也有關係嗎？」

「也許是一個有用的線索。」

「有什麼用？你有了會亮的。還要什麼線？什麼索？」

「可以對整個事件怎麼發生的，多瞭解一點。」

「你不是全知道了嗎？」他說：「史娜莉和丁吉慕兩人合謀。老贓是那女的拿的。條子清查這裡時，她把它放在自己公寓裡。風聲不緊之後，丁吉慕又自己去拿回來。要不是他不相信她，不讓她保管，就是她自己不敢保管。這玩意兒是太熱了一點。」

「現在在哪裡？」

他伸手進上衣口袋，隨意地一把撈出各種首飾，堆在桌上，不在意地伸手再入口袋，好像他有一口袋黃豆，不願有一顆失落似的。他又找到了兩件遺漏的，拿出來，和其他的堆在一起，他說：「都在這裡了。」

燈光照在這一堆首飾上，反射出亮光如滿天超級巨星一樣閃爍。綠的光芒來自翡翠。冷冷、潔白的是切割非常合適的鑽石。

貝司機看著這一堆，渴望地說：「唉！我真希望敢騙你一次，黑吃黑一點。這些玩意兒真棒。」

「都在這裡了嗎？」我問。

「嗯哼。」

「把你口袋翻出來。」

他對我不悅地說：「嗨！朋友，我說都在這裡，就是都在這裡了。我從來不騙我朋友的。你和我兩個，這件事陷得一樣深，懂不懂。我已經洗手了。我現在是正人君子，我——」

「把口袋翻過來。」

「你以為你是老幾？你對什麼人在發命令？」

「對你。」

「你再仔細想想。」

我說：「你把口袋翻出來，再發脾氣，我就服了你。像你現在這樣，只有把事情弄糟。」

「弄糟什麼？」他說，把手插入口袋，摸索了一會，抓住口袋的襯裡，一下子把口袋翻過來：「現在滿意了吧？」

我向他移近了些。

「看吧！你自己看清楚了。」他說。身體搖了一搖，我可以看到口袋的襯裡。他的手臂平平向側面伸出，手離開身體很遠，手指僵直分開，手背向著我。我抓住他的手，把手指向背側扳過來，使掌部皮膚拉緊。

時候。」

兩只大的鑽石戒指，落到地上。

「撿起來，放到桌子上來。」我命令著。

他把兩片厚唇合在一起，掩飾原來咧著嘴的微笑。他說：「看你神氣到什麼時候。」

「把戒指拿起來，放到桌上的這一堆一起。」

他沒有動，繼續用冒火的眼光盯著我。他說：「你辦法蠻多的，我看到過你動手，別以為——」

「把戒指放到桌上來。」我說：「我還有話跟你講。」

他遲疑了足有三、四秒鐘，彎下腰去把戒指撿起。直起身來時，臉上又掛上了笑容。天性善良的大個子樣子。

「不必當真，朋友，我又不是故意的。只是兩只小戒指我預備多把玩一下。它們還真美。坐那邊，告訴我還有什麼吩咐。」

我過去，把首飾一件一件放進我的口袋。貝司機看著我，一付煮熟的鴨子飛了的樣子。

我一面把首飾放進口袋，一面開列清單：「翡翠鑽石手鐲一枚，紅寶石胸針一枚，鑽石別針一枚，獨鑽戒指四枚，鑽石鑲翡翠戒指一枚，鑽石項鏈一個——都在這裡，再也沒有了嗎，貝法斯？」

「絕對，發誓。」他舉起右手。

我坐到一張椅子上，儘量裝做輕鬆，無所謂的樣子，點上一支菸。

他本想坐在靠窗的椅子，改變意見，走過來，坐在我和門的中間。他臉上的微笑，僵停在那裡，有點在冷凍箱裡的感覺，眼睛看著我每一個動作。

我問：「什麼人把那塊鉛裝到門上去的？貝法斯？」

「我不知道。」

「我想你要設法知道才好。」

「為什麼？」

「不為什麼，只覺得那樣會好一點。」

貝司機說：「朋友，不要把我看扁了，現在你可以支配我，但也不過到此為止。有一天我就是這裡的主人。」

我向他大笑，笑聲使他更有恨意。他說：「笑什麼？」

「笑你。」

「笑我什麼？」

「完全疏忽了，在你眼前的東西。」

「好，你聰明。什麼是在我眼前的？」

「霍克平。」

足足有一分鐘，才使我提醒他的「很明顯事實」印進他腦裡。而後，以前沒有想到過的可能性，促使他的眼光從發怒改變為憂慮。他的自信心離他而去，剩下來的是發育過早，肌肉發達，頭腦空空的軀體。坐在那裡，憂慮地看著我。

幾乎二十秒鐘之後，經過長久的熟思，他慢慢地，很強調地說：「老天。」

我跟著說：「你以為戴太太對你不錯，你能夠神氣十足在這里昂首闊步，顯顯你個子高，身體好。你忽視了霍克平，你有的他都有，而他有的你沒有。他有受教育，有修養，而且外表極帥。戴太太已經被他迷住，而且有興趣。」

貝法斯很敏感地說：「這個卑鄙齷齪的下流胚，他要是敢做這種事，我就——我就——」

「貝法斯，說下去，你就要怎麼樣。」

他把頭陰沉地搖了搖，乖戾地說：「你不要想捉我的話柄。」

我看到他在椅子裡不自然的表情，我說：「不過是好奇而已。他真做了，你就怎麼樣？」

「你好奇你的，到時候看好了。」

「你怎麼想到戴太太可能和你結婚。通常一個寡婦，會東逗西逗很多次，目的是看看自己還有沒有足夠的本錢。」

他說：「別傻了，我要哪一個女的都沒問題。」

「那麼有把握？」

他嘲笑，輕蔑地說：「可不是嗎？」過了一下，又加一句說，「我知道我在說什麼，告訴你實況，你對一個女的有興趣，你約會她，追求她，有的時候你上了一壘，但多半在偷上二壘的時候，就被封殺出局了。但是當一個女人對你有興趣，你只當不知道，什麼也不做，你已經使她憂心了。過了會兒，她來求一點進展，你一點也不在意，第三次，她不管後果，全部投入。當一個女人不管一切地投向你的時候，你要她做什麼她就做什麼。她就是你的俘虜了。」

我說：「據我看，霍克平今晚會向她求婚。」

我看到他兩個眼睜大，他在深思。這是我的良機。我站起，經過他，走向門去。

第十四章　唐諾成通緝犯

遺囑認證處的職員懷疑地看著我說：「你說你叫什麼名字？」

「姓賴，賴唐諾。」

「你不是律師？」

「不是。」

「你什麼職業，賴先生？」

我給了張名片給她。她看了名片，有點不明白應該怎麼做法。所以她問：「你到底要什麼？」

我說：「我要一張在這裡認證過地產的清單，人死了，沒有生意合夥人，但留有大量不動產。」

「我不懂你要這種資料的原因。我們也不把資料這樣歸檔提供需要的人。」

我說：「一個人，譬如是個醫生，自己開業，生意非常好，死了，留下大批遺產。」

她搖搖頭說：「我們不用這方法歸檔，你一定得說出那立遺囑人的名字。」

我走進電話間，打電話給醫師公會的秘書。請他告訴我最近一年來，哪些有名成功醫生不幸死亡。我得到了六個名字，其中也有戴醫生。於是我又走回去找那位女職員，十分鐘後，我有了六份房地遺產的資料。

電話間就在這女職員辦公室的角上，我又走進去。

第一個我給電話的女人，我沒有得到任何消息，第二個電話，我用第一次的老套。我說：「對不起，這是從法院裡，遺囑認證處打出來的電話。我要對你丈夫遺下的不動產瞭解多一點。」

「是的，你要瞭解什麼？」

「你丈夫在世的時候有沒有跟一個三十歲多點的男人有過生意來往。這個人黑黑的，頭髮黑有點鬈，披在頭後，鼻子長直，外形乾淨美觀，前額高，有習慣下巴向前向上，眼睛很善意，常能表示同情及幽默，還——」

「是的，是的，有。」她打斷說：「霍先生。」

「有沒有說到南美洲的產業。」

「沒有，完全沒有。唯一和我丈夫有關的是，我丈夫曾經借過錢給他。我丈夫曾借給他一筆小錢，他很感激。」

「二百五十元？」我問。

「是的。」

「霍先生從南美洲回來，所以還款？」

她說：「他來本市，正好那天我丈夫死亡。他看到報上的訃聞，和我聯絡，他寫了一封弔慰的信，寄了二百五十元和六個月的利息給我。」

「你丈夫從來沒有對南美的油田有過興趣？」

「我的『丈夫』從來沒有過，沒有。」

她說「丈夫」二字的時候，加重了一點語氣。

「此後你是不是自己和他有點生意來往？」

「我不明白這與你有什麼相關。你到底是誰？請問，你到底要知道什麼？」

我很有耐心的說：「夫人，我們只是要瞭解，這些投資生意，到底是你自己的，還是由於你先生借貸結果而獲得，依遺囑給你的。這兩者在遺產分類及遺產稅上都是不同的。」

「喔，」她安心地說，「沒有，我丈夫和這件事沒有關係。這些都是我自己的財產。」

「謝謝你。」我說著，掛上電話。

在拜度東街六八一號，我又爬上三層的階梯。時間是上午十一點半，選這個時間，就希望史娜莉和顧桃賽，兩人都不在家。但為萬全計我還是先敲門。沒有人回答。門上的鎖是個普通鎖。公寓也許每週有一次或二次代客整理。所以門上的鎖，一把普通的萬能鑰匙就對付過去了。

我把門自身後關上。彈簧鎖彈回原位。我有計畫地工作，先自起居室開始，特別專注在書上。

室內有相當多的書，百分之九十是些有名作家所著偵探小說。都經過精明的選擇。很明顯的，這裡是戴醫生看過的偵探小說的接收站。

壁床就在起居室裡。我把壁床拉下來，目的是檢查床單及枕頭套上的印子。床單看起來正應換洗。壁床兩側空位的壁櫃裡，有相當多的女人衣服。我把衣服看了一下，全是顧桃賽的衣服。很明顯的壁床是她一個在用。史娜莉當然住臥房。

我輕輕地把臥房門推開，走進去。窗簾是拉下的。我突然驚覺，像史娜莉——清晨網球運動愛好者，腳踏車騎士，年輕一代精力的象徵，在一早上體力消耗後，很可能會把窗簾拉下，睡到中午之後才起來。這可能性為什麼我事先沒能想到呢。我憂慮地走到床邊。

一個女人張手張腳躺在床上。左手上升遮住眼睛，頭髮零亂地壓在被單上。她穿的是桃紅色，很薄的睡袍，腿部向上捲起，睡床上露出兩條勻稱美好的腿。

我站在那裡，一動不動。

慢慢地，我用腳尖輕步退回門口，十分小心，不要吵醒了睡回籠覺的人。我一面輕退，一面看她有沒有翻身、不安的小動作，或是出氣聲，顯示要醒的樣子。沒有動作。

我幾乎已退到門口，但是她這樣白而僵直的外形，能給我的形象比我自己發現自己處境的危險更深刻。房裡只有一點點光線，照出她皮膚特殊的顏色。

我又走前去，伸手去摸她光著的腳踝。摸上去還是溫的。但我一接觸立即知道她已沒有生命。我抬起她左臂——一條粉紅色的繩索，緊緊地綁著她的脖子。在繩索的後面有根木棒，插在裡面把繩索扭絞得很緊。木棒一看就知是一般家庭用的桿麵杖。

我把繩索扭回來，把夾進腫起來的肉裡去的繩索放鬆。我試她脈搏，把耳朵湊上去聽心跳。

我想到萬分之一的機會，也許人工呼吸器會有點用。我跑步到電話旁，撥一一九，解釋我想要什麼。

自戴醫生保險箱中失竊的首飾，裝在一條帶中帶在我身上。警察當然想知道首飾怎麼會在我身上。當然他們也會問，我到這裡來做什麼。他們一搜索，就會發現我身上的首飾。二和二加一起，就很快有了四的答案。要不是史娜莉自保險箱中拿了首飾，就是戴醫生自己拿了。我的目的是把它拿回來。史娜莉在臥室睡覺，被吵醒開始叫喊。我使她寂靜——也許本意並不想使她致死，但是把繩索弄得太緊也太久了一點，一一九的人工呼吸人員已在路上，我留在這裡也做不了什麼事。

我用手帕把電話表面擦拭，把門把擦拭，大模大樣走到走道。

一個五十多歲的女人，相當壯，拿了個吸塵機，正向我走過來，她開始根本沒有注意到我，但突然仔細看了我一下。

我走下樓梯，到了街上。救護車一路叫著警笛，正轉彎過來。我笨頭笨腦站在路旁，正如一般行人一樣伸頭望著，看到救護人員自車上拖下人工呼吸器，快步走過人行道，進入公寓。

大多數觀望的人都被驅散了，少數仍望著公寓出入口，好像牆壁會回答問題，滿足他們病態的好奇心。

我走到停車的地方坐進公司車，把車開回我們辦公室停車場的車位。管理員給我點點頭，我謝謝他。

我開門進辦公室的時候，卜愛茜從打字機後面抬頭看我。

「我們高薪的秘書工作還可以嗎？」我問。

「謝謝你，」她回答，「你們高薪的秘書工作好極了。」

「白莎，在裡面？」

卜愛茜轉離打字機，低聲地說：「她在戰爭狀態。」

「對象是誰？」

「你。」

「我又做了什麼了？」

「和警察有關，你陷入困境了。」

「知道為什麼嗎？」

「你有些事沒有告訴厲警官，他在逼白莎。」

「有事情沒有告訴厲警官！」我極輕地叫喊起來：「我讓他找到姓史的女孩，我等於給他屁股上紮了個緞帶蝴蝶結。」

「蝴蝶結是沒有錯，」她笑著說，「只是他認為味道不對。」

「那也只好由他，我——」

私人辦公室的門像爆炸一樣，砰然打開。柯白莎小眼圓瞪，站在門裡，怒望著我。

「現在！你在幹什麼？」她問。

「在談話。」

「預備再調整愛茜的薪水？」

我說：「也許是個好主意，生活水準是不斷在上漲。」

「總有一天我要活活的剝你皮。你這個小矮子。」

「我到底做錯什麼啦？」

「太多了。你給我進來。」

「等我和愛茜談話結束後，我會給你進去的。」

白莎的臉變白，看得出已盛怒：「你給我現在進來，要不然我——我——」

「怎麼樣？」我輕鬆地說。

柯白莎把門砰然關上。

卜愛茜說：「這下你把她整慘了。我從未見她如此生氣過。」

我說：「我想她最近情緒不好，體重會減一點。」

「你難道不怕她？」

「為什麼要怕她？」

「我不知道，她是無情的。她要對某人有成見，她不會忘記的。」

「你認為她對你有成見？」我問。

「她不喜歡你加我薪水的方法。」

「你還不是得到加薪了？」

「是。」

「那就好。你還會不斷的加。現在，我要進去讓這位老小姐的血壓降低一點。」

我走過辦公室，把門打開，白莎坐在她大辦公桌後面，嘴唇像貝殼樣閉得很緊，小眼冷冷發光。

「把門關起來。」

卜愛茜快速的打字聲，有如機關槍一樣，搶著在我關門之前，送進白莎的私人辦公室來。

「白莎，有什麼煩惱？」

「對厲警官，留上一手，是什麼意思？」

「我沒有對他留一手呀！」

「他認為你有。」

「我告訴他，那裡可以找到姓史的女人。」

「對呀！給他點甜頭，把他出賣了。」

「甜頭，什麼意思？」

「你這小不點，主意真多呀。」

「不要管這些，到底什麼不對？」

「你為什麼不告訴厲警官，那個司機是個前科犯？」

「他沒問我呀。」

「但是你利用他，得到你要的資料。」

「我問他一個問題，他給我資料，又有什麼不對？」

「你當然懂什麼不對，你當他的面，搞了他的鬼。」

「他現在知道了？」

「當然，他全知道了。」

我坐在柯白莎辦公桌桌沿上，點了支菸說：「這，看起來不太好。」

「我可以對全世界說，這看起來不太好。他認為我們這偵探社不肯和警方合作。他不高興，真正的不高興。」

「他高興不高興，我全不在乎。」我說：「問題是他怎麼對付貝法斯？」

她說：「他把貝法斯弄到了總局去，正在問他呢。」

我把菸灰彈在白莎辦公桌桌面上，她憤憤地把菸灰碟推過來說：「小心一點！」

我把帽子向她桌角一放，說道：「對不起，一切都要等一下再說，我把汽車停在消防栓前了，沒車位沒辦法。」

她說：「你給我坐下，告訴我厲警官怎麼回事？我不知多少次叫你不要把車停在消防栓前面。罰也是罰你的錢。」

「那是公司車。」我說。

「又怎麼樣？」

我說：「罰款當然公家開支——我現在也是老闆。」

她推開座椅，想要站起來，還是沒有，說道：「下去把車移開！不要死在這裡，快走呀！」

我走出門，經過辦公室，在愛茜的桌子前停下。

她抬頭看我。我說：「愛茜，我出了點事。你能幫我點忙嗎？」

「發生什麼事了？」

我說：「戴太太的首飾現在都在我身上。我要找個我認為合適的時間，合適的方法，還給戴太太。我現在沒弄好，反而一切都對我不利。我現在像火爐蓋一樣燙手。」

「要我接手那批首飾？」

「那樣太危險了。」

「沒關係，快給我。」

我說：「還有別的方法。」

「什麼方法？」

「我可能還有機會，把首飾放到我要它去的地方。」

「說，有什麼我能——」

「我要有個躲一躲的地方。一個什麼人也想不到的地方。」

我還沒有講完話，她已經把皮包打開。「這是鑰匙。」她說：「老天，唐諾，千萬不要用公寓的現況來判斷我。今早我起身太晚。連床也來不及整。房間一團糟。我只是穿上衣服上班。」

「好，再見。」

「白莎知道嗎？」

「沒人知道。白莎以為我下去移動一下公司車。」

卜愛茜天經地義地把皮包關上，轉回打字鍵盤，打字聲音立即充滿辦公室。

我回到停車場，把公司車取到，開過馬路，把它停在消防栓前面，這樣警察一定會開罰單。我跳上一部公共汽車走了好幾個站，換輛計程車到愛茜的公寓，用她的鑰匙，開門進去。

洗槽裡有待洗的碗碟。床上的東西，看得出鬧鐘一響，睡在上面的人一腳把被子踢開後，就沒有再整理過。絲質睡衣拋在椅子背上。浴盆內有一圈污垢。長襪和內褲在晾衣繩上。

我把床罩往床上一罩，開始找可供閱讀的東西。我找到了一本書，讀了一會，打開收音機。輕鬆的音樂使我靜下來，漸漸進入瞌睡之鄉。

收音機裡提起我的姓名，使我突然完全驚醒。我聽到快速，平穩的聲音在廣播新聞。

「——賴唐諾，一名私家偵探，正被警方通緝，原因是涉嫌盜取價值二萬元戴醫生太太的首飾。前科犯貝法斯向警局厲警官招認，賴唐諾曾把實況告知貝司機。依據貝法斯所招認，賴事實上在一小時之前即已發現過戴醫生的屍體，然後，故意聲稱聽到引擎轉動聲，會同醫生的外甥女再去發現一次。當第一次屍體初發現時，賴也同時在車子手套箱中發現了首飾。依據貝司機的招認，賴為了搜查車子，曾把引擎熄火。得到首飾後，又再發動引擎，一小時之後，才宣稱發現屍體。貝司機堅稱，賴告訴他這些事的目的，和接觸他的目的，是利用他有前科，逼他代為銷贓。貝司機自稱已完全改過自新，予以拒絕。而且在警方找到他時，正準備前往警局對一切吐實。由屍體解剖發現，戴醫生在真正死亡之前，可能曾有一小時以上之昏迷，不省人事。而且警方到達時，亦死亡未久，所以警方今日指出，姓賴的私家偵探，一度把引擎熄火，未向有關方面報告，旋又把引擎發動，可能犯有技術性的謀殺罪——」

我把收音機關掉。把手伸向電話，又改變主意。公寓樓裡有一個電話總機，一定有個值班的接線生。假如她看到愛茜上班的時間，有電話自她房間中打出，也許她會起疑，會偷聽。

愛茜沒有打電話向我報告，可能也是這個原因。

第十五章 休戰

愛茜在五點三十分回家。我看到她關門前特別對走道前後看了一下。

她取下帽子，把帽子和皮包擲在桌子上，環顧自己的公寓說：「對不起，真是亂糟糟。」

「辦公室裡怎麼樣了？」

「也亂糟糟，」她說，「唐諾，我寧可切掉我自己右手，也不希望給你看到我的公寓那麼亂。」

「這倒沒關係。辦公室發生點什麼事？誰去辦公室了？」

「好多人，厲警官第一個去。」

「他去幹什麼？」

她走向廚房，對著滿槽髒碟子扮了個鬼臉說：「去找你。」

「白莎怎麼對他說？」

「說你下去移動一下公司車，因為你暫停在消防栓前。」

「我離開後多久，厲警官就來了？」

「也許不到十分鐘。」

「厲警官做了些什麼？」

愛茜把水槽上的熱水打開，轉過頭來向我，準備說什麼，正好看到椅背上的睡衣。於是，她讓水槽裡的水流著，匆匆收起睡衣，掛進衣櫃。回到水槽去時，又看到浴室裡晾著的內衣及長襪。衝向浴室，突然中止，爆出大笑：「也好，至少你不會幻想了。」

「厲警官做些什麼？」

「他先說白莎笨得連說謊也不會。他走下去，還真的看到公司車在消防栓前。這使他很困擾。你的帽子又在辦公室。所以他想，你離開辦公室，還沒有到車子之前，發生了什麼事。」

「他沒有到停車場去和管理員談談吧？」

「我不知道。」

「他有沒有向你問話？」

「那是免不了的。」

「你告訴他些什麼？」

「說你來過又走了。」

「他有沒有問你，我可曾與你講話？」
「當然。」
「你怎麼回答他？」
「告訴他，你說了個故事給我聽。」
我笑著問：「什麼樣的故事？」
她說：「男人真奇怪，這也正是厲警官希望知道的。」
「你怎麼告訴他？」
「我告訴他，我和他尚未熟到如此程度。」
「他怎麼說？」
「我忘記了真正的話詞，但如此回答他，很有效地改變了話題。他一直告訴我做一個老百姓應該和警方合作等等的一套。」
「你怎麼應付他？」
她把沙拉脫倒入洗槽，攪出很多泡沫，自右肩向我看了一下說：「你認為如何？肯不肯幫我擦乾碟子。」
「嗯哼。」
「爐子後面掛鉤上，有乾毛巾。我不是個賢妻，我不喜歡做家事。」
「我也不喜歡。」

「男人應該不喜歡做家事。女人做家事的時候，表示一種意義。」

「你在做家事呀！」

「完全正確，這也是為什麼我正在做家事。」

她把髒碟子都放在肥皂水中，用洗碗布在水槽中撥弄了幾下，撿起一只碟子，交給我來擦乾。

「你不沖一下？」我問。

她說：「不沖。」

「這上面什麼東西？」

「蛋黃，」她說：「已經變乾了，結塊了，凝結了，氧化了，或者你怎麼形容都可以。把碟子遞回給我，我們讓它們泡半個小時再說。要不要來一杯？」

我說：「這可會影響一個人對女孩子的觀點的。當我第一次進辦公室時，你連看都懶得看我。眼睛沒有離開過打字機。看起來像是競選民意代表剛到手一樣的，對選民冷漠、疏遠。看你像個非常自制、舊式的女人。整天只會在公寓中拿了塊抹布徘徊，擦擦灰塵，使每個地方發亮。」

她說：「我告訴過你，我討厭做家事。我也把公事和娛樂分得清清楚楚，絕不混在一起。」

「指我？」

「指你。」

「家裡有什麼酒好喝的？」

「還剩一點威士忌。」

「下去買一點如何？」

「還有更好辦法。街角上有家酒類零售，很熟的，他們可以送來。」

我說：「我還有點錢。」

她走到電話機旁，拿起話機說：「哈囉，小珍，今晚一切好嗎？……喔！還可以……請你接一下賣酒的……不急。」

她等了一下，又說：「哈囉，我是卜愛茜，今晚可好？……我好得很……嗯哼──來一瓶白馬和一瓶雞尾酒如何？」她把手撫住發話那一端問我：「馬丁尼還是曼哈坦？」

「馬丁尼。」

她向電話說：「一瓶白馬，一瓶總會不甜的馬丁尼和三瓶白葡萄酒。可以叫阿迪送來──好，謝了。」

她掛上電話，轉身看著床。「晚上，你睡哪裡？」她問。

我說：「這是個有獎徵答。晚上，我睡哪裡？」

「無論如何，我整理一下床鋪，總是對的。幫我忙，拉那邊的床單。不要太用力。再來毯子。那些首飾在哪裡？」

「你化妝台最上抽屜裡。」

「多妙！」

「不是嗎？」

「警察會不會來？」

「不見得。那車停在消防栓的前面。他們有得想呢。」

她坐下。憂心地說：「唐諾，還有什麼問題嗎？是不是只有首飾的問題？我擔心得很。從他們今天下午在辦公室東問西問的樣子，好像還有別的事牽涉進來。」

「是有。」

「告訴我，可以嗎？」

「亂七八糟太多了，我真不知從何說起。」

「這也算推託之詞吧？」

「嗯哼。」

「為什麼？怕讓我知道？」

「你最好不知道。」我說。見她有疑問的樣子，立即解釋道：「因為你只是個打字員。私人辦公室內發生的一切，你都不知道。你認為厲警官找我，正如一般客戶找我。你回家，發現我在你家中。我騙你，我告訴你，我在你回家前不久，才來你公寓的，我要和你談話。我告訴你，我要買點酒。你一直問我，我怎麼能進來的。我堅持回答你們根本是開著的。你想也許我有一套萬能鑰匙，但我買酒，你喝酒。你曾問我警察的事。我說我才自警局出來，已見過厲警官。而我到這裡的理由是，我要你速記幾封信，明天一早可以打字發出去。我在講完信的內容後，就走了。」

她想著我的說法，說道：「好，大家說定都這樣講。」有人敲門。她說：「我們的酒來了。唐諾，拿點錢來。」

我給她張十元鈔票。她把門打開一半，用腳頂住，以使門不可能再開大。把十元的鈔票交出去問：「哈囉，阿迪，多少錢？」

他交給她兩個紙袋說：「六元二角，包括稅金。」我聽到找回零錢的聲音。過一下說：「多謝了，卜小姐。」

愛茜把門關上。我把兩個紙袋拿到廚房。她從冰箱裡把冰拿出來。她說：「看來只好算我倒楣，做頓晚餐了。」

「由你來做晚餐，到底什麼人倒楣？」

她笑著說：「說錯了，是你倒楣。」

「開點罐頭就可以了。」

「太棒了。」她說：「一男一女吃罐頭，你說可以就可以。」

「我可以。」

她把雞尾酒攪拌罐捧過來說：「拿你的杯子來。」

我把杯子湊上。我們兩個品著雞尾酒，又來了第二杯。她說：「我要下去買點罐頭，說不定還可以做個鱷梨沙拉一起吃。」

「太棒了。」

「也許來點烤黃的法國麵包，現在買得到現成的。只要放烤箱二十分鐘就可吃了。又香又脆。」

「合我胃口。」我拿出錢包，又給她十元。

「我們這頓飯是吃柯白莎的吧？」她問。

「是的。」

「那好，我知道有個地方家庭式巧克力派最出名。足有一吋半厚，都是奶油巧克力，我們可以買半個——」

「附議。」我告訴她。

她戴上帽子，一面照鏡子，一面哼著小調。

「戴家和保險公司的事，你辦得如何了？」

「還可以。」

她說：「白莎可不是這樣說。她說你犯了個很愚蠢的大錯。」

我大笑。

「有沒有？」她說。

「完全是看法問題。」

「賴唐諾。門上的鉛塊是不是你放上去的？」

「不是。」

「那會是誰？」

「有人希望我的試驗成功。」

「我不懂。」

我說：「門是掛在旋軸上，也靠旋軸轉動的。只有一個位置，門是完全平衡的。一陣大風可以破壞平衡，門不是全開，就是關閉。這一個平衡位置，一般都設在離地四尺。這個高度戴醫生的車進不去。有人在平衡上動了手腳，使一輛車正好可以擠進去。做這件事的人，希望風可以從這一點把門吹得關起來。是個一錢不值的想法。」

「在做試驗的時候，你一直都知道這件事的。」

「我有懷疑。」

她說：「我想白莎說得對。你是一個奇怪的小混蛋。你什麼事都高度保密。不談了，我出去買我們的晚餐。你還要什麼？」

「夠了。不要什麼了。」

她出去，二十分鐘後回來，兩個大紙袋裡面都是大包小包。她說：「超級市場東西真好。你知道我買了什麼？」

「不知道。」

她說：「罐頭豆子，法國麵包和沙拉，都有了。」

「巧克力派？」

「有，巧克力派。另外我買到一大塊上等腰肉牛排，足有二吋厚，還有麥酒——」

「你說買了麥酒？」

「嗯哼，還有洋芋片、蘆筍。我甚至還買到家庭式發酵麵包，把它切開了，烤牛排的時候可以放在牛排邊上，吸牛排的油，吃起來一定很香。」

「快開始烤吧，口水都來不及嚥了。」

「馬上開始。」

我走進廚房，幫她把買的兩包東西放在料理台上。

「我做什麼？」我問。

「你不做什麼，這地方兩個人一起太擠了。我一個人反倒快些。」

我聽到她在廚房裡忙，過不多久，烤牛排的香味，就溢滿了全室。

「再來杯雞尾酒如何？」她從廚房問。

「還有多久開飯？」

「不到五分鐘，我們快快喝一杯，而後歸你擺桌子。」

我們又喝了一杯，愛茜站起來回廚房。電話鈴響了。她自廚房叫道：「唐諾，你接一下，好嗎？」

「最好不要。」

「對，我來看是什麼人。你看一下牛排。」

她拿起電話說：「哈囉——是的——什麼人？——喔！老天。」

她把電話機拋下，對我說：「接線生說，是柯白莎，已經上樓來了。」

我愣住了。一時不能動彈。

卜愛茜驚慌地說：「不行，唐諾，你在這裡不行。記得你給我加薪嗎？她上來，看到你在我公寓，我給你煮晚飯。快，快躲到壁櫃裡去，關上門，在裡面不要出來。」

我還在猶豫。

「你不可以叫我不能做人。唐諾，快，她已經來了呀！」

敲門聲清楚地響起。

我溜進壁櫃，卜愛茜把櫃門關上。一面說：「誰呀？」

白莎說：「是我。」

我聽到門鏈拉開，門被打開的聲音。白莎大聲地嗅著說：「在做晚飯？」

「剛想烤塊牛排。」

「你忙你的，親愛的。我到廚房和你聊天。」

「不，不要，」愛茜笑著說，「那廚房連我自己也不太裝得下。牛排正可以從烤箱拿出來。你坐這裡，抽支菸。我去關火。你不是急事吧，要不然——要不然——」語音在無所適從，不願意情況下，變為無聲。

柯白莎說：「你弄你的，聞起來好香，我也餓了。」

「我正想說，要是你還沒有吃晚飯，可以——」

「好極了，你就說吧，不要三心二意。」

愛茜神經質地笑著：「那邊還有點雞尾酒。」

「想要雞尾酒的時候，就有雞尾酒，簡直太好了。」白莎說：「在哪裡呀？親愛的。」

「我來拿。」

靜寂了一下子，我聽到烤箱門打開的聲音，烤牛排的香味突然增強。我聽到白莎移動的聲音，而後她說：「呀！你的麵包烤得真好，我的上面不要再放白脫了——不過這個機會真是難得。特別情況下，我們還講究什麼節食。」

愛茜說：「等一下，我來弄一下桌子。」

「餐具在哪裡？我可以幫忙。」

「柯太太，你坐下休息！東西亂得很，只有我知道。」

我聽到卜愛茜腳步東跑西跑，她真是在跑，也聽到餐具碰到桌子聲。

白莎說：「喔，老天爺！」

「怎麼啦？」愛茜問。

「這樣大一塊牛排，你一個人吃？」

愛茜趕快說：「一個人開伙，煮飯沒什麼興趣。我烤一次牛排，第二、第三天吃二天冷的。」

白莎嗤之以鼻，我相信她不喜歡吃冷牛排。

「千萬不要吃太多了。」白莎說：「我一向不管這一套，後來變得太重了。這場病倒的確對我有點好處。我現在好多了。」

「是的，你看起來是好多了。你無事不登三寶殿，今天來，有沒有什麼特別的事？」

白莎說：「唐諾在哪裡？」

「唐諾？他離開辦公室的時候，他說他的車在消防栓前面什麼的——而後——」

「他沒有來這裡？」

「全世界也沒有理由——他要到這裡來呀。」

「他不知躲哪裡去了，我一定要在警察找到他之前，先找到他。」

「有什麼事嗎？」

「他把公司弄成這樣子，他們說要吊銷我們執照。」

「那不糟了？」

「糟？」白莎喊叫，因為感情激動，竟說不下去。

「真抱歉。」愛茜說。

白莎說：「為什麼牛排只有半塊有白脫油？」

「我認為你的牛排也許不要加白脫油。」

「喔，儘管加，」白莎說，「我今天緊張得不節食了。」

我聽到拖椅子聲，刀叉聲。站在櫃子裡，一陣陣饑餓的衝擊，有如牙痛一樣。只用耳朵就可以完全瞭解，外面她們在做什麼。現在愛茜在切那塊大牛排，把多汁的，還在冒熱氣的一半，放在白莎的碟子上。

「來點蘆筍尖？」她問。

「好，謝謝。」白莎說。

「要不要試試鱷梨沙拉？」

「當然，還要很多洋芋片。」

「法國麵包也很好，小心，很燙。」

我聽到愛茜不斷神經地笑。也聽到碟與碟摩擦聲。

隨後我聽到重重的敲門聲。

「會是什麼人？」白莎問道。

「我不知道。」愛茜說，隨即靈感降臨。加了一句：「不會是唐諾吧？你想呢？」

「有可能。」

愛茜沒起立，叫著說：「是誰呀？」

「不要拖延時間，開門。」

這聲音我聽得出，是厲警官。

卜愛茜把門打開。

柯白莎說：「嘿，他奶奶的。」

我聽到厲警官笑聲：「跟蹤你也不是很容易的，柯太太。但是我們知道你會來找賴唐諾。他人呢？」

「我又怎麼會知道他在哪裡？」

厲警官的笑聲，既懷疑又無禮。

卜愛茜說：「柯太太到這裡來的目的也是問我他去哪裡了。」

「所以留下來吃晚飯？」厲警官問。

「是的，是我留她的。」

「過去兩年來，柯太太到你公寓來過幾次？」厲警官問。

「我——我想不起幾次，我想——」

「她以前有沒有來過一次？」

「嗯——嗯——」

「你倒說說看，是不是柯白莎太太，有史以來，今晚是第一次光臨你的公寓？不要說謊。」

柯白莎說：「這有什麼關係。我反正現在在這裡。」

「一點都沒錯，」厲警官說，「我現在在這裡。我敲門的時候，賴唐諾躲到什麼地方去啦？」

白莎大笑著說：「你真是一隻笨死了的大猩猩。你以為他聽到你聲音，所以躲起來。嘿，你像個電影裡的小丑警察。」

厲警官抱歉地說：「對不起，兩位女士，我自己也還沒有吃東西。在我們吃完東西之前，讓我們暫時宣佈休戰如何？」

「你說休戰什麼意思？」愛茜問。

「一個全面的停戰。」他說：「直到我們用完甜點為止。你們準備了甜點吧？

有沒有，小姐？」

「巧克力派。」卜愛茜說：「真有你的。」

厲警官說：「你真會烤牛排。這一大塊幾乎是我見過烤得最好看的牛排了。請你在近骨頭處切一片給我。請，請，請，柯太太，你不要客氣，不必管我。」

我聽到刀子在碟子上刮的聲音。

我打開壁櫃的門，說著：「不要把肉都餵了這條子，至少我也要分一份。」

第十六章　脫逃

厲警官把碟子推開，沉思地看看快空的碟子，用叉子黏起最後剩下一、二片脆落下來的酥皮，連叉子放進嘴裡。把叉子放回碟子上宣佈：「現在停戰協定過去了。」

柯白莎點了支菸，穩定地看著他說：「你和唐諾之間，不管有什麼問題，我都不管，但有一件事你給我記住，我根本不知道他在這裡。」

厲警官大笑著。「這倒很有趣，」他說，「我告訴溫警長，我說我只要盯住你，你就會帶我們找到賴唐諾。我盯住你，我還真找到了賴唐諾。和我預料完全沒錯。現在你想我會不會去跟溫警長說，我不過瞎貓碰到了死老鼠了。」

柯白莎有感受地說：「該死！」

卜愛茜說：「她真的不知道唐諾在這裡，警官，真的。」

厲警官用陰沉的眼光看著愛茜，自他眼光我看得出厲警官對詢問愛茜，仍十分有興趣，只是目前不是合宜時機，而他一再提醒自己，不要忘了這一點。

卜愛茜也看出了他的居心，移開了自己的眼光。

「你最好給我坐到角上去，緊閉你的嘴。你根本自己也在裡面。」

「我不懂你的意思。」

「你知道他在這裡。」

愛茜沒有說話。

「而他是一個逃犯。」

「我怎會知道他是一個逃犯。他告訴我，他把車停在消防栓的前面。給一個把車停在消防栓前的男人，煮頓晚飯，也算犯罪嗎？」

「他來這裡幹什麼？」

她猶豫著。

白莎用手掌，一下拍在桌子上說：「我知道他來這裡幹什麼。」

「幹什麼？」厲警官問。

「他喜歡她了，」白莎說，「通常都是相反的，女孩子追唐諾。這一次不同，唐諾追起她來了。我讓唐諾自聘雇升為合夥，他第一件要做的，就是給她加薪。」

「多美妙。」厲警官說。

「可不是嗎？」柯白莎譏諷地同意。

卜愛茜站起來說：「大家都給我聽著，這是我的家，你們闖進來吃我的東西，我不在乎煮飯，但是最討厭善後。你們不能吃了飯，站起來就走路，讓我一個人洗碟子。柯太太，你可以幫我一起洗碟子。警官，你就坐著抽菸，唐諾，你給我整理桌子。」

柯白莎憤憤地講著氣話：「嘿，我同意你的說法。你別忘了，你是替我工作的。再不然，是不是因為你和我的合夥人搞得不錯，你就認為地位改變了。」

愛茜緊接著說明：「我是替你工作的，這是事實，不要爭論。你闖進來吃飯，你要幫著洗碟子。唐諾，把那只油膩最多、裝肉的盤子，先拿到廚房來。」

愛茜把各碟子中剩餘的食物，併到一只碟子去，把其他碟子開始疊起來。她眼睛微微一眨，給我一個別人看不到的暗示。

我拿了烤肉的盤子，走到廚房去。

厲警官走到廚房門口，看看地形環境。他說：「那後門你有鑰匙嗎？妹子。」

「有，」卜愛茜說，「要是你不近視的話，你可以看到，鑰匙還插在鑰匙孔裡呢。」

厲警官走過去，把通廚房的後門鎖上，把鑰匙拿出來，放進口袋。

「我還有點吃剩的，要放到後陽台冰櫃去。」愛茜抗議道。

「把它收集在一起，」他微笑著說：「我會替你開一次門。我就怕這個唐諾，腿快得很。」

他走回起居室。

卜愛茜低聲地說：「澡盆頭上有個送貨用電梯，我們送洗毛巾、被單、衣服用的。把當中一層隔板拿掉，你這個子可能容得下。我在起居室的時候，你下去。」

她匆匆跑進起居室，我聽到她再一次在刮碟子。

我匍匐爬進送貨電梯，姿態非常不優雅地下降。膝蓋和腳趾露出在外，隨時準備被切斷。聲音也特別響，已經占了多次優勝的厲警官，很可能會聽到這特別的聲音，而來中止我的逃亡。

無窮無止的時間終於來到。我到達了管道的終點。我推門，一個彈簧鎖鎖著，從裡面是打不開的。我用肩頂著門，用暴力把鎖衝開。

地下室有一扇門，經過一個鐵梯開向大街。我壓住想跑的心情，厲警官可能已經發現，或至少隨時可能發現。我做成十分輕鬆的樣子，走上大街。

柯白莎把公司車停在公寓之前。車是鎖著的。我也有公司車的鑰匙，鑰匙既可開車門、點火，也可開車後行李箱。行李箱不見得是個舒適的地方，但是我已無法講究。

我把行李箱打開，爬進行李箱內。我必須把自己彎曲起來，把膝蓋碰到下巴，把頭儘量低下。我把行李箱蓋拉下，把自己關進黑暗裡，只有用鑰匙，在外面才能打開。

我靜下來等候。一塊金屬壓迫著我的膝蓋。一根支撐頂住了我的肩。我大概在裡面待了五分鐘，外面才有動靜。這一段難過的時間，我曾想過，假如厲警官把白莎帶去總部，把車留在這裡，我怎麼辦。我相信用不到一個小時，關在裡面會悶死的。

我聽到聲音，男人的聲音充滿憤怒和威脅。

我聽到白莎尖聲地說：「沒這回事。」

他們走近過來，停在人行道上，幾乎就在車子的行李箱旁。他們說話，我可以聽得清清楚楚。

厲警官說：「我告訴你。在公寓裡，我已經捉住了他。你要知道，被逮捕後自行脫逃是很嚴重的。你更要知道『教唆』或『協助』脫逃，罪也不輕。」

「不要胡扯！」白莎說。

「你幫助他脫逃。」

「你在嘰嘰呱呱什麼？」白莎說：「我不是和你一起坐在房間裡嗎？」

他想了想：「也許不能告你，但你幫他脫逃是真的。」

柯白莎說：「警官，你聽我說，你腦袋裡怎麼想，我管不著。我只管你有沒有足夠的證據可以告我。只管十二個人在陪審席上，認為我有罪沒罪！」

「我至少可以逮到你的秘書，我等於已經把他綁住了。是她幫他逃掉的。她是共犯。」

「逃掉什麼？」白莎問。

「逃掉我呀。」

「你又是什麼？」

「我正好代表法律。」

「你沒有事先說明呀。」

「什麼意思？」

「你沒有正式宣佈逮捕。」

「你說什麼？」

白莎說，「我在說剛才發生的事實。你闖進公寓，自以為很聰明，神氣活現。你以勝利者自居，你宣稱要留下晚餐，晚餐時暫時休戰。唐諾自壁櫃出來。吃飯的時候我們休戰。你根本沒有正式宣佈，他被逮捕了。」

「他應該懂得我是什麼意思。」厲警官說。他的聲調突然失去了自信心。

「荒唐！」白莎指出，「我從未學過法律，但是賴唐諾告訴過我，你逮捕一個人之前，有一些事一定要遵守。首先你要讓他知道，你代表法律，你現在因為他犯了什麼罪嫌，所以逮捕他。事後你一定要儘快交給一個人或一個單位來看管他。」

「可是，因為實際環境需要，我們可以因時制宜。」

白莎大笑說：「你是個大笨蛋。」

「什麼意思？」

「把案子辦成這個樣子，隨便找一、二個能幹的律師，在陪審團前面，就可以把你撕得粉碎。還要批評你行為不檢，你可能會被撤職。報紙對這種事興趣可大了。目前本市警方經費真欠缺到這種程度。警官闖入民宅，餓得為了一頓晚餐，宣稱暫時休戰。晚飯後，警官半躺在椅子上，剔著牙，摸著肚子，所以他要的人溜掉了。」

厲警官沒有回答。白莎再開口的時候，從她勝利帶刺的語調，我知道，剛才這些話，已經使厲警官懼怕，狼狽，所以白莎認為再要加重一點壓力，以使就範，她說：「好戲還在後面呢。想想別人會怎麼形容。那麼大個子的警官，向一個辛勤工作的女打字員討頓飯吃。想要捉一個小不點兒，又給他溜掉了，還想告我協助脫逃、教唆脫逃、慫恿脫逃。門都沒有！你要不再提這件事，也許就算了。要是我聽到你說起一個字，我就招待記者，給他們講一點好故事，你給我仔細想想。」

白莎憤憤地打開車門，我可以清楚感覺到車子防震彈簧向下沉，知道她已坐在方向盤後面了。

厲警官在她關車門，把鑰匙放進去發動車子的時候，都沒有開口。

白莎開車有二檔起步的習慣，我不知她怎麼使用的。我自己也用公司車試過十幾次，每次無論我如何小心離合器，總是讓車子熄了火。白莎有特殊技巧，從未出過困難。

厲警官發出點聲音，想說什麼，但還是沒有開口。車子突然向前一衝，幾乎使我叫出聲來。白莎很快進入馬路，車子一頓一頓快速前進。這是白莎開車習慣，右足忙碌地在油門和煞車間交叉拚命。

我等到車子不再因為紅燈而必須多次停下時，知道她已離開了交通擁擠的地區。我伸手在車箱底板上摸索。摸到了一把扳手，就拿這把扳手，我在車體上用力，有規律地，一下一下敲擊著。

白莎把車轉向路邊，減速，我感覺到車已不在正路。我還是不斷用力，有韻律地敲著。車子停下，我也停下。

我等白莎走到車尾來，我聽到她自己對自己咕嚕地說：「奶奶的，我以為輪胎沒氣了。」

「沒錯。」我說。

白莎連想都沒想，立即駁回說：「胡說。」而後我聽到她用驚奇的語調說：「你死在哪裡呀？」

我沒開口，怕正好有行人經過會驚世駭俗，任由白莎來研究我「死在哪裡」。

她花了數秒鐘時間，又回到車裡開始駕駛。突然，她轉個彎，離開大路，又轉了兩次彎，把車停住。她走下車，來到車後，把行李箱打開。

「真有種，你這個小混蛋。」她說。

我勉強使我自己從彎曲的姿態從車箱中爬出，伸直，發現白莎已把車子停在一條黑暗的背街。一條半街之外，林蔭大道上車水馬龍。這裡，只有少數車停在公寓及住家之前，四面完全沒有在動的車輛。

白莎說：「這次他們一定會把你放進一個漂亮的小房間，門上還有鐵條保護你。非這樣，我知道你是絕對不會停下來的。自從你到我這個公司來，你總在州立監獄門口逛來逛去。可恨的是總是拖了我一起逛。腳步越來越快，我早就感覺到了。現在好，看你怎麼辦。」

她看到我在對她微笑，生氣已生到火冒三丈。

我說：「你反正已陷得太深，回頭也晚了，我們上車走吧。」

「去哪裡？」

「去霍克平的公寓。運氣好的話，我們會發現他正好在家。否則，我們就用一點藉口，讓他回家。」

白莎說：「你太燙手了，你是個痲瘋病人，我不要和你在一起。」

「現在已經不是你要不要的問題了，是你還有什麼了。」

「你有什麼，我都不要。」

我說：「他的地址是信天翁公寓。」

「白宮我也不管。」

「時間已經很迫切了。」

「既然如此，你開公司車去找他，我自己坐計程車回去。我明天早上還要去釣魚，我不想進監獄。」

我說：「要是我單獨見他，說的話就死無對證。要是你在場，就可以多一個證人。你已經陷進去了，後退對你沒有好處。」

「你真的要拖人下水，是嗎？」

「無論如何，我們的公司，你有一半利潤呀！」

我走過去，把自己坐到方向盤的後面。我告訴她：「進來吧。」

白莎坐到我邊上，呼吸很重，好像才爬完樓梯似的。去信天翁公寓路上，她一句也沒有說。

第十七章　厲警官絕對找不到的地方

信天翁公寓是市內出名炫耀公寓之一。開門人穿得像元帥。僕役都穿制服，「信天翁」三字繡在衣領上，一隻白顏色的信天翁繡在制服左上胸部。一個傲慢的職員坐在門廳裡，一般的訪客都先要通名才行。

「霍先生在不在家？」

「我可以代你看一下。什麼姓名？」

「柯太太和賴唐諾。」

職員背過去向總機表示一下，我暗暗禱告霍先生會在家。我聽到職員說：「早安，霍先生，柯太太和賴唐諾在大廳想見你。」

從職員的面色，可以知道霍先生在猶豫，而後職員說：「遵命，霍先生。」

他放下電話說：「你們可以上去，公寓六二一號，霍先生說，他有個約會，正要離開，但可以給你們幾分鐘。」

「夠了，謝謝你。」我說。

我們走到電梯前。這大廈有兩個電梯，我對白莎說：「你乘這電梯到六樓，我乘另一架上去。」

「為什麼？」

「你不要管，快走。」

白莎怒目地瞪我一眼，走進電梯。開電梯的小黑童好奇地看看我，把電梯門關上。另一架電梯正在下降。我看著電梯指示燈，看到它在六樓停了一下，到四樓又停了一下，二樓再停一下，就到了大廳。霍克平自電梯出來，很快地步向大門。頭上帶著帽子，大衣掛在手彎裡。

「霍克平。」

他聽到我叫，轉回身來：「喔！你在這裡。不是柯太太也來了嗎？」

「是的，她已去六樓，我候在這裡，怕你誤會了職員的意思。我們不希望來了又見不到你。」

他說：「我聽到職員說，你們要在大廳見我。我有個十分重要的約會，我只能給你一、二分鐘，我——」他故意停住，鄭重其事地看了看手錶。

我說：「我們回六樓去，白莎在那裡等。」

「我怕我時間有限。」

「樓上談，恐怕要比樓下談，好得多。」

他看向職員站著的方向說：「好，我只好遲到一、二分鐘了。」我們同乘電梯上樓。白莎憤怒地在等候，看到我帶了霍克平一起自電梯出來，一部分怒氣，自臉上消退。

「我們在這裡談，還是進你公寓談？」我問。

「當然在我公寓裡，我反正準備晚一、二分鐘去赴約了。不過只能談一、二分鐘，以後你們要什麼，我都可以慢慢的提供你們——」

「來吧！」我說：「不會耽誤你太久的。」

他帶我們到他門口，把門打開，站在一邊等白莎先進去。她進去了。他等我進去，但是我輕扶他手臂，讓他第二個進門。我把門帶上。

「說吧。」他說，站在那裡，看著我們兩個人，沒請我們坐。

我說：「有點事我要告訴你，我不是戴醫生的朋友。戴醫生生前，我也沒見過勞芮婷。」

「真有意思。」

「我實際上，是個私家偵探。」

他大笑說：「我早就知道了。」

「說說看，怎麼會知道的？」

「天，不要把我當小孩看。你每個地方都看得出是個偵探：你控制全局，你出主意試驗車庫門。賴，千萬不要以為『戴家全家的朋友』，這件事是唬我的。隨手翻翻電話簿，也可以翻到柯氏私家偵探社。誰又不知道賴唐諾是她的左右手。」

「合夥人。」我說。

「喔！你升級了。我恭禧——恭禧你們兩個人。」

他很溫和，很優雅的。他也很高興自己，能控制住目前的全局。

我說：「因為我是私家偵探，我做了次詳細的調查。」

「當然，人家付你錢，就是要你調查。」

「調查過程中，我去過法院的遺囑認證處，對最近幾筆較大遺產案都調查了一下。我也用電話問過，有沒有一個像你外形的人，曾經向死者借過錢，而後到南美洲去，剛好在死者死的那天回來。你要不要我告訴你，姓名，日期，電話號碼及還債的數目字。再不然，我說的已經夠了，你不必再偽裝下去了。」

不太容易攻破的堡壘，一下子洩了氣。

「怎麼樣？」我問。

他說：「我們大家坐下談。」

白莎走向房間中央，選了張最舒服的椅子，坐下。我選了張位於霍克平和門中間的椅子。

「你們要什麼？」他問。

「你最好把事實全部吐出來。要知道我們轉個彎，也可以從警方知道全部事實真相。你說給我們聽，對你有利。」

他把手插入口袋，沒有坐下，心神不定地看看白莎，轉過來看看我。他說：「你很刺眼地站在我面前，所以我調查過你。倒沒想到，你也對我來了一手。」

「對你真是太不利了。」

「是有一點。」

「現在盡拖時間也沒什麼用。」

他說：「也許我們可以談談價錢。」

「也許可以。」

霍克平說：「你有什麼建議？」

「先聽你的。」

他說：「我的座右銘是有飯大家吃。」

「很好的座右銘。」

「我可以使你也有飯吃。」

「你能嗎？」

「能。」

「你把詳情說出來，我再決定。」

他想了一想說：「沒什麼，說就說。」

「請吧，」我說。

他好像要自我鼓勵。他用完全沒有表情的語調，平平地好像在說給自己聽：「假如你已經打聽到我那麼多，你就已經什麼都知道了。我說給你聽又有什麼差別呢？」

我用眼角命令白莎保持靜默。他已經無條件投降了，用不到再加壓力了。

果然，他繼續用單調語音說道：「相信勞華德隨時會出賣我——而我也曾警告過他。」

我一動也不敢動地坐著。不敢說話，連呼吸都暫停。

霍克平也沒有看我，兩眼看著地毯：「我想我應該掩飾得好一點，還是太不小心了。」

他又把手插進口袋，足足有三十秒鐘，大家不開口。

霍克平說：「我希望你能從我的立場來看這件事。也許你不會，但我所做的不能算是壞事。」

我知道，如果我能讓他自己吐實，他會說得遠比我迫他說來得多。何況，我沒有太多可以迫他的把柄。我看白莎一眼說：「克平，你怎麼會開始玩這把戲的？」

「這也不是一天使然的。」他說，幾乎非常急於解釋給我們聽，也是給自己聽：「我是次子，我有位長兄，有竅門把任何東西，賣給任何人。」他臉上有痛苦的表情。他的嘴一時顯得很不高興。

「我想你的哥哥占盡了一切便宜。」我說。

「誰說不是，學校裡老師給騙得團團轉，媽媽喜歡他。爸爸倒不見得聽他的，但爸爸忙於自己的追女性活動。留下我只好自己管自己。哥哥受教育，得到一切機會，而後開始跑馬，賭錢，偽造支票。老頭總會給他擺平。老哥終於失敗，破產。而他們始終還說他是好孩子，只是時運不佳而已，唉！現在來說，有什麼用呢？」

我告訴他：「是沒什麼用。」

他說：「我喜歡找較容易輕信人言的女人下手。一開始倒也沒有走這條路。我離家，一個人混，混得不好。而後我弄熟了一個女人，她同情我，為我感到難過，她是有夫之婦，丈夫很老。她很愛我，給我經濟支援，糾正我不可有憤恨和乖戾的習性，要培養我的人格。她為我支付學費。我甚至還受過語音訓練。我對她很狂熱的。她沒有兒子。把我看成她兒子、情夫、一個試驗品。」

「女人後來怎樣啦？」白莎問。

他望向白莎的眼，臉色沉重痛苦。「她丈夫發現了這件事，把她殺死了。」他慢慢地說。

白莎問：「你把那丈夫怎麼處理？」

「還能有什麼處理，什麼也沒做。」他說。看著自己的手。他把自己的手握成拳頭，緊緊地，握到手指變成白色。

「為什麼？」我問。

「我什麼也不能做，他不是衝動地用把槍，一槍把她幹掉。他用個殘酷聰明的方法，把她謀殺了。只有兩個人可能殺她，不是他就是我。假如我一攪和，他就會把這件事扣在我身上。」

白莎說：「我不懂，怎麼可能造成這種情況？」

他痛苦地說：「她死的時候，是和我在一起。她死在我懷抱裡。」

「下毒？」我問。

「是的。他得知她要和我幽會，假意完全不知。他說他要參加一個會議。那天是她生日。他開了瓶香檳，互相舉了兩次杯，他離開了，她來找我。半個小時後她發作了。起先我們不知道這是什麼。而後她想到了。我要把她送醫院，她堅持要回家用電話召醫生來。她未能趕上。」

又一次，全室寂靜了一陣。我等候他臉上痛苦表情減輕一點，漸入沉思時，又問：「此後，又發生些什麼事？」

他說：「有一陣我幾乎半瘋了。她留了點錢給我。本可讓我花用很久的。但是沒有，我學會了藉酒澆愁。但是沒有用，這方法對我也從未有用過。為了維持生活，我在一個咖啡屋找到個工作。名義上我是招呼客人，實在是個午夜牛郎。

「職業是最不高尚的，但我借這個機會實習奧莉薇教我的課程，怎樣使人對我有好印象，怎樣笑口常開，保持微笑，而且非常有信心，世上一切都是為我而設。我終於有成效，這一行賺錢還是很容易的。

「漸漸我理會到社會上有一種特別環境產生的女人。她們丈夫太熱衷於名或利，因而沒有時間照顧到太太。她們是世界上最寂寞的女人。婚姻把她們束縛住不能活動，而只能依靠於不關心她們的丈夫。她們想做點特別的事，要人注意她們，要在時光消逝前，不只是做衣服架子。」

我問：「所以她們找地方，請個午夜牛郎？」

「是的，午夜牛郎要是進行方法恰當的話，她們很容易上鉤。」

「我看，你進行的方法，總是很恰當的。」

「當然，我是的——而且我想她們都是值回票價的。我使她們快樂。而後我想到現在這種辦法。其實也是偶然碰上這種機會，才開始真正進入的。」

「對象怎麼物色的？」我問。

「我讀報上的訃聞。凡是有較為知名的人物死了，我讀訃聞就可以知道我用這一套會不會有機會。」

「你就裝成那丈夫曾經認識的人。」

「是的，這人死了不久，我就寫一封弔慰的信，請求他太太允許我拜望，當面致慰問之意。一般太太都不會拒絕有個人來說她先生有多好。更何況還有一筆償還的債務。」

我點點頭。

「此後，」他說，「一切就容易控制。你的對象是一個情緒受到震驚的女人，發現自己突然變了寡婦，或多或少被人忽視，或多或少對這次婚姻有些自苦，一手生命的歡樂漸漸自手縫中漏走。她們都怕自己腰身越來越大，活動範圍越來越小。」

柯白莎臉紅氣漲，想要說什麼。見到我給她的暗示，立即停止。

「你跟勞先生合作有多久？」

「相當久了。華德也幹這一行，但在另一個方向。他的對象是戴醫生曾經治過的一個病人的寡婦。戴醫生把實況全部把握，甚至尚有那女人的自訴狀。這使華德不得不把一切停止。而後那女的也死了。她的自訴狀變了戴醫生唯一的證據了。華德認為只要能弄到這份自訴狀，一切就不再有問題。」

「而後如何了？」

「而後戴醫生的保險箱被人偷開了。」

「勞華德和這有關？」

「沒有。」

「你怎麼知道？」

「絕對知道。」

「光說沒有用。」

「你要是知道事後的反應，你就知道保險箱失竊與他無關。」

「事後有些什麼反應？」

「戴醫生死後，華德並不知道這張自訴狀被藏在哪裡。起先他認為在戴太太那裡。他想她絕對不會主動來聯絡。有一天晚上，我去拜訪華德時，見到過芮婷。那是一年前的事。我們都不認為她會記得這件事。華德一再鼓勵我繼續地進攻這位寡婦。並希望查知保險箱失竊是不是她自己幹的，東西在不在她那裡。」

「他為什麼想東西在她那裡呢？」

「他想不出此外有什麼人有開保險箱的可能。」

「華德認為戴太太，會偷開保險箱，偷她自己的東西嗎？」

「華德並沒有把我列為絕對可信任的朋友。許多事，他閉嘴不談。但是他有很多內幕消息，知道很多。戴醫生開始和他太太的秘書遊戲。華德認為戴太太故意自己拿了保險箱中的首飾，製造紊亂，好嫁禍於秘書史娜莉。」

「有關這件事，你再說清楚點。」

「戴太太把首飾自保險箱中拿出。她造成別人會懷疑史娜莉的證據。戴醫生知道實況。竊案一發生，他安排姓史的溜走，希望事情擺平後再回來。」

「首飾呢？」

「首飾在太太那裡，戴醫生知道。他先讓史娜莉溜走，再來看他太太誣她有多深。所以他到處留意，而發現他太太藏寶所在。他把首飾自藏處拿出，希望能在不使史娜莉受嫌情況下，拿出來還他太太。他沒能活著完成志願。」

「為什麼？」

他誠實地望著我的眼睛：「你應該知道的。」

「你什麼意思？」

「他還沒做成，就被謀殺了。」

「你憑什麼，認為他是被謀殺的？」

「你還不是也認為他是被謀殺的。你憑什麼，我也憑什麼。」

「什麼人殺了他？」

他聳聳肩，做了一個放棄，無可奈何的表情。

「這時，你做些什麼？」

「我認為戴太太並沒有掌握華德所怕的東西。再不然，她拿到了，但已經毀了。我向華德報告，華德又進行訴訟。」

「這是你工作的目的？」

「這是我為華德工作的目的。」

「繼續留下來，是為你自己的工作？」

「是的，可蘭相信了借款這件事。她那樣深信，要是我不收回點成本，多可惜。本來，我以為芮婷會認出我來，久而久之，她什麼也沒有說，我想這一關過去了。我試著想從你那裡探點口風，看她有沒有向你提起認得我的事。你口很緊。你問我保險箱裡會是什麼東西。我讓你有個錯覺，戴醫生對華德不利的證據，是張照片。你假裝真相信，把我也唬住了。我認為你虛有其名，我決定繼續留下──就要在你鼻子下玩一個大把戲。我把你低估了，你現在有我的把柄──這不表示，我們不能做點生意。我也不太貪心。在我看來，現在開始，華德是沒有份了。你讓我照舊進行。你只要睜一隻眼閉一隻眼，不關你的事，不要開口。我們五十五十對分。」

「有什麼保障，我可以得到我的一份？」我問。

「不分給你，你還是可以告我密。」

「讓你呱呱叫，說我敲詐你。」

他說：「你會知道我什麼時候得手，得手多少。你就伸手，我給你一半，我對你絕對公平。我也必須公平。」

我假裝考慮一段時間。

他熱切地說：「她要我照顧一些她的投資。我告訴你，賴先生，這一切我都安排好了。鈔票跟在口袋裡的沒多大差別。這件事我會完全合法地處理。我使她投資一些股票，沒有人會知道這股票由我操縱，或是投資後一部份歸我。更沒有人能證明，你會有什麼好處。你跟我一起混幾個星期，遠比你做一年私家偵探更好。」

「倒楣的是戴太太一個人？」我問。

「我絕不讓她們吃太多虧。這是我聰明的地方，否則她們會向律師訴苦。我只拿她們數千元。對戴太太，也許弄她一、二萬。你可以拿到一萬。」

白莎神經地蠕動著。

我說：「我必須和我合夥人談一談。」

「什麼時候才可有結論？」

「明天。」

他說：「記住，這件事容易得很。戴醫生留下的財產，假如把房地產、保險費都算進去，大概有二十萬以上。弄二、三萬她不會太計較的。」

「賭注又加高了？」

他說：「我看也可以忍得住三萬的損失，再說給了你一半，我自己也要划得來才行。」

「華德，怎麼辦？」

「管他的，他沒有份。他只是對另外的事有興趣。他也知道這件事沒他的份。

他可以向芮婷弄鈔票。」

我站起來，向白莎點點頭，說道：「好了，白莎，這是他的開價，我們兩個研究一下。」

霍克平獻媚地鞠躬，送我們到門口。「你們仔細想想。」他熱心地說：「你們一生也不會那麼容易賺到一萬五千元，而且沒有風險。」

我握住白莎的手臂。「我們會考慮的。」我說。

「我看不出，你們還要研究些什麼？」

「你當然看不出。白莎，我們走。」

在走道上，白莎對我說：「厲警官會全市搜查你。你要不能查出醫生死亡真相的話，趕快離我遠點。否則明天早上我只好去醫院住院了。」

「你給了我一個靈感。」我說。

「什麼靈感？」

「厲警官絕對找不到我的地方。」

「什麼地方？」

「住院。」

「你怎麼能住進醫院呢？」

我說：「這是細節問題，得花鈔票。」

白莎愁眉不展地說：「那玩意兒，樹上可長不出來。」

「不住到醫院去，我只好跟你住。」

她趕快說：「要多少錢？」

「一百元？也許一百五十元。」

白莎在嘆氣。

「現鈔。」我說。

白莎在電梯口打開皮包，數了一百五十元，擲在我手掌中。

第十八章　唐諾中毒

賓醫生聽到門鈴，親自出來開門。臉上看得出，難得有機會休閒在家，卻被打擾。但是，他看到是我，心境就開朗起來。

「想不到，是賴唐諾。我們的太空小戰士。進來，進來。今晚傭人休假，所以我自己應門。我對傭人休假的日子都很怕，因為太多人為無足輕重的事來打擾醫生。進來，進來坐下。」

我跟隨他來到像接待室的玄關。裡面有些椅子。他說：「這是我準備萬一有急診的病人，可以等待用的。我後面有間房間，必要時可以開個小刀。我們現在要去真的起居室，坐得舒服一點，我希望你不是太急著走，我們聊聊。」

「既來之則安之，我一點也不急。」

「太好了，我也正想和你作一次長談。她腦子裡有些事，很讓我操心。我是指我的病人，也是你的當事人，戴太太。」

「戴太太怎麼樣？」我問。

竇醫生蹙住雙眉說：「我真擔心她。進來，請坐。來點酒如何？只是我不能陪你喝，不知什麼時候會有急診。」

「我可以來點蘇格蘭威士忌加蘇打水。」

「你儘管坐著，我來給你弄，這房裡什麼都有，除了冰塊之外。我出去拿冰。你不要客氣，請坐。我很抱歉，上一次把你叫出來，在汽車邊上那麼唐突。那時，我還不清楚你是怎樣一個人。你等在這裡，我給你拿酒。」

我把自己舒展在椅子上。房間是十分安適的。深而軟的椅子，減弱了的燈光，有一側大書架的牆壁，一張大桌子上，有近期的報章雜誌，香菸匣在手邊，打火機在小桌上，椅子後面有落地燈可以看書——真是一個起居室。

房間裡充滿了菸草的香味，顯得房間經常被主人利用，主人是男性，家中沒有女主人。人可以在裡面充分休息，外界的污染、噪音、煩惱，都可以在現代化隔音設備下，完全隔絕。整個房子都有空調。

外面廚房裡，我聽到竇醫生把冰塊倒進玻璃碗裡。

他帶了個大盤進來。有一瓶蘇格蘭威士忌，一瓶總匯蘇打水，一個大玻璃碗，裡面裝滿冰塊。還有玻璃杯和草編玻璃杯套。

「不要客氣，賴。」他說著，把盤子放在咖啡桌上：「我抱歉不能和你一起喝酒。你自己調酒，會合意一點。我看你喝，也很高興。我真的忘不了你那場表演賽。精采極了。當然對我的病人，太不利。我應該見機早點把她送回去，但是連我也一下子忘了我的責任。你速度快，有協調。你學過拳擊。」

我笑著說：「我是用最苦的方法學來的，每個人都拿我練拳。白莎出錢，我去練柔道。有一點用。另外有件案子，我遇到了以前打過冠軍的拳迷。他一定要訓練我，使我成拳手。有兩手還有點道理。」（以上見《黃金的秘密》及《拉斯維加，錢來了》）

「我也要說真有點道理。大家都喜歡看小個子打倒大個子，同情弱者的原因吧。那一次打得乾淨俐落得很。令我久久也不能忘懷。」

我給自己倒了杯酒：「你剛才想告訴我，戴太太什麼事？」

他點點頭，開始想講什麼事，自行停住，很思考地看著我，相當久後，他說：「各種職業都有他自己的倫理道德。除非病人同意，我是不能把病人的症狀和診斷對你討論的。」

我沒有接話。

他停了一下，來表示他即將講的話非常重要。他繼續說：「但是，你是我病人請來替她調查案件的。我的病人指示我盡一切能力，和你合作。為了你順利完成你的工作，對我病人的情況當然應該有所瞭解。在這個立場上，任何你要問的問題，我都可以回答你。你現在懂了嗎？她指令我告訴你一切對破案有關的資料，當然我病人也就是你的當事人，她自己的情況也包括在內。」

他停下來，等我問問題。我知道他希望我能一問即中的。

「戴太太有臥床或用輪椅的必要嗎？」

「只為了減輕她精神和心臟的壓力，讓她腦中留意自己。為了某種理由，目前是很重要的。」

他很巧妙地加重語氣在「某種理由」。

我說：「她為了某種理由，顯然認為，她的秘書史娜莉和她丈夫有特殊的關係。這種對史小姐的敵視，會不會增加自己精神負擔，而使你的病人病況不穩定呢？」

他的眼睛發亮了：「你正在問我希望你問的問題了。這問題使我可以告訴你一些我認為很重要的事情。她對史小姐的憎恨，已演變為對她健康實質的威脅。而且有增無減。我已用盡方法勸她，多注意自己，少注意史小姐。」

我說：「心裡有什麼事，吐出來也許會好一點。再說，你的地位很特殊。你說過不論什麼事，在報告戴太太之前，應該先向你報告。」

「發生什麼事了？有什麼不平凡的事嗎？」

「是的，我去過史娜莉的公寓，我用萬能鑰匙開的門，因為我要看些東西。」

「看什麼？」

我說：「這一點等一下說。我給貝司機加了點壓力。他有刑事前科。」

「這我知道，」賓醫生說，「警方發表了貝司機的說詞，我覺得很荒謬。」

「是我故意叫他去把首飾拿出來的。」

「你怎麼想到他能幫你拿得到呢？」

「我有原因相信他辦得到。」

「他辦到了？」

「是的。」

「首飾哪裡去了？」

「在我這裡。」

「你還沒有告訴戴太太？」

「還沒有。」

「史小姐跟這個——」他停住。

「請講。」我說。

「——這個失竊案，有沒有關係？」

「我想有。」

「我就怕如此，」他說，「首飾的事，都還沒有告訴過戴太太嗎？」

「沒有。」

「有沒有給她任何暗示，你會在什麼地方找到，怎樣去找，或是史小姐可能與此事有關？」

「沒有。」

「暫時不要，我們得另外想個辦法，否則對我病人的精神會有損害。」

「也許她已經知道了。」

「我想不會。她要知道，我就會知道的。」

「也許她不告訴你。」

「也許，」他想了一下，「但機會太少了。」

「她！」我說，「現在我說我的遭遇。」

「是什麼？」

「我去史小姐的公寓。我用萬能鑰匙進去的。起先我認為裡面沒有人。我選定進去的這個時間，裡面應該沒有人。但是，裡面有人。」

「什麼人？」

「史娜莉。」

「她怎麼對你？」

「什麼也沒有，她死了。」

「死了！」

「是的。」

「死了多久了？」

「不久，是勒死的。一條粉紅色女人束腰上的繩子，疊成二條，在她脖子上打了個結。在脖子後面，一根桿麵杖，插在繩上扭絞著。我不知道，屍體解剖有什麼發現。多半先是用那木棒，把她打得失去知覺，而後再下手的。」

有一會兒，他臉上有驚奇得不能相信的樣子。而後他牽牽嘴唇要說話，又自動停止。

我說：「謀殺的時間，只是我到達前數分鐘。屍體尚相當溫。沒有脈搏。我把繩子放鬆，打電話請求人工呼吸器。我想想我留下也沒有用，就走了出來。一個清潔工看見我出來。事情湊在一起，警察現在在找我。」

「但是，你應該可以證明你自己無辜呀。謀殺人的兇手當然不會打電話請求救他謀殺的人。」

「也不盡然，」我說，「假如兇手確知人已死定，這倒也是很好的遁辭。至少警方會這樣想。不管怎麼樣，目前我最好不要在外面亂逛。」

「為什麼？」

「因為我已經準備要把全案結束了。此後二十四小時內，會有變化，證明我所想的是否正確。我實在不能浪費這二十四小時在監牢裡。所以我來請你幫忙。」

「你要我做什麼？」

我說：「我來找你急診。我有嚴重的神經震驚。我心臟不太好。血壓升得太高。我心神不定，神經過敏。你給我鎮靜劑，把我送到醫院去，指定不准打擾。二十四小時之後，你才認為有希望復元，連警方也要等候二十四小時才能向我問話，否則會對我健康有損害。假如我騙你，沒有服用你給我的鎮靜劑，當然你不會知道，至少裝成不知道。」

我還沒有說完，他就開始搖頭：「我不能如此做，和倫理不合。」

「為什麼不合？你還沒給我檢查呢。」

「你說的只是症狀，連一點他覺症候都沒有。假如我說給你鎮靜劑，我一定給你鎮靜劑，真正的皮下注射。我假如給你打針，你會睡一整天。你什麼也不能做，醒回來還是昏昏沉沉。我不幹。」

我說：「我們再把這件事仔細想想。」

「你怎麼說都沒有用。我就是不能這樣做。我什麼都肯幫你忙，這個就是不行。」

「謀殺工具是廚房用具，桿麵杖。」我說：「接下來用的是束腰上的繩子。男人很少用這種東西。」

他懂了我現在暗示什麼，開始和我辯論。「為什麼？」他問：「男人可以故意用這種工具，使人把嫌疑轉給女人。」

「可能，但機會只有十分之一。」

「即使如此——」他馬上決定不要在這個主題上爭辯。

我說：「戴醫生被殺那晚，你當記得，我曾到過戴太太的臥房。有一個束腰在一張椅子背上，那副束腰是緊身搭那一類，用的是條粉紅色繩子。」

「我向你保證，年輕人，這沒有什麼大驚小怪。許多女人到了中年以後，使用不同的支架保持體型。」

我引他注意：「厲警官在調查這件案子。要不了多久，他就會查到戴太太身上。假如——只是假如——他發現戴太太常穿的束腰不見了，或是發現束腰上的繩子不見了。讓我們再來一個假如，假如，厲警官在廚房裡找不到差不多每家都有的桿麵杖。」

「荒唐！荒唐！這不可能。」

我點上一支菸，坐在那裡吸菸，不講什麼話。靜肅的壓力漸漸加之於他。

「即使如此，這也可能是設好的圈套呀。」

「是可能。她是你的病人。你應該和她站一條線上。」

「假如她是個兇手，即使是我病人，我也不會和她站在一條線上。但是我認識戴太太很久了。我知道她絕不可能做你說的這種事。」

「以一個醫生立場，來說一個病人？」我問。

「你到底是什麼意思？」

「我以前認為你對她的感情，完全是沒有私人情份的。」

我又開始吸菸，讓他多想一想。大家靜了一陣。

「我們該做些什麼呢？」

我說：「這樣說法才像點樣子。我不能去戴太太的家，至少現在不能。第一，警察會守著那屋子，第二，即使我不被逮住，他們也會知道我到過那裡。假如我去廚房東摸西摸去找桿麵杖，或找個理由到女人臥房去看她束腰上的繩子，會把事情整個弄糟。但是你去的話，會自然得多。醫生去看看自己的病人，是天經地義的事，也許有什麼東西臨時要消一下毒，你可以到廚房去用水、用電。在廚房裡你可以快快地看一下，有沒有桿麵杖。」

「即使她廚房裡沒有，也不能證明什麼呀。」

「什麼人替你在這裡煮飯？」

「我多半在外面吃飯。我有個管家，為我清理及替我父親弄東西吃。他所有時間都是臥病在床的。」

「管家——她有沒有做過麵食呢？」

「怎麼啦。」

「你的廚房裡也會有個桿麵杖。建議你可以把它放在出診包裡。假如在戴太太家廚房裡，你找不到桿麵杖的話，你可以讓警察找到一根。」

他用震驚的語音說：「賴，你瘋啦。我是一個有名望的醫生，外科醫生。我不可以做這種事。」

我說：「戴太太是你的病人，她是你的朋友，她是我的當事人。我要替她爭取那四萬元，我自己可以收取部分佣金。我們二人對即將發生的一切，都有切身興趣所在。你總不希望在現在這個關頭上，她被警方捉去，我也不希望如此。你現在去看她，我在這裡等你。你回來的時候，要告訴我有什麼發現。然後你把我送到醫院去。在醫院裡，我要好好想一想。」

「這和我醫生倫理不合，我不能這樣做。」

「每個醫生在一生之中，總有這樣一、二次，他既是醫生，但也是個普通人。職業倫理是做事準則，一點不錯，但人不能死守信條。所謂盡信書，不如無書。」

他站起來，開始踱著方步。我還是吸我的菸。他神經質地走著，把指關節弄得格格地響，使我也煩躁不安。我站起來，走到窗口。外面太暗，什麼也看不到。

竇醫生一定是改變了喝一杯的決定，我聽到他打開威士忌瓶，倒了點酒出來。我轉回身，正好看到他急急走向廚房之前，倒了一杯酒進他嘴裡。

我可以聽到他開櫃門，關櫃門。我聽到他上二樓的聲音，聽到他在二樓臥房移動的聲音。而後他又下來回到廚房。數秒鐘後，他回到起居室，手裡拿了只黑色的出診皮包。

「有沒有？」我問。

「現在我什麼也不想講。尤其不能把自己束縛住了。你給了我很多要好好想一想的資料。你想警察會搜她的廚房？」

「絕對。」

「老天，要是雜貨店還開門的話，這鬼東西，兩毛錢一根，可以買它一打。」

「警察，」我說，「當然也想得到。」

他把出診包拿進廚房，出來的時候嘴唇拉得長長的，變得薄薄的：「好了，賴。我反正泡進去了。你做了沒有人能做的事。把我拖下水，完全違反了我做事的原則。」

「那就快點去辦，」我說，「有電話來，要不要接？」

「統統由你代接。」

「可能不太妥。」我告訴他。

「假如我要找你呢？」

「你找我的話，電話鈴響兩下就掛上，過六十秒，再打。除了這個，我都不接。」

他想了一下說：「好，就這樣。」

「回頭你要送我進醫院？」

「我一定要給你打針。」

「當病人非常不安，精神不寧的時候。醫生不是常給他一針蒸餾水，告訴他這是嗎啡嗎？」

他的臉高興萬分：「是呀！完全正確。」

我說：「你給我的診斷是歇斯底里症。我可能求你給我毒品。你不想真給我。你給我一針蒸餾水。由於心理作用，我靜了下來。我有點精力不繼，想睡了。你可以——」

「在這種情況下，」他說，「我可以叫一個護士來，把你就放在我家裡。你就由護士來看護。當然只要她認為你睡著了，就不一定留在房裡。」

「有沒有辦法離開那個房間呢？」

「爬窗口，廚房上面是平頂的。你找一找，工人可以上去清理，你當然可以下去，可能有沒有扶手的鐵梯。你不會離開太久吧？絕不能超過一小時。」

「我不一定。」

「我也只能幫你到這地步了。」

「能不能跟護士小姐講妥？」

「絕對不可以。她只知道你是個真病人。由於你認為是嗎啡的皮下注射，你已經平安入睡。」

「把護士請來要多少時間？」

「二十分鐘內我可以請到一個。」

「漂亮的？」

「嗯。」

我指著門的方向：「快走吧，說服你出動不容易。不過你理解力真高。」

他拿起出診包，快快出門。

不多久，我聽到他的車子開上車道，快速地轉入大路。

我把自己重新坐入大而軟的椅子中，給自己再倒一杯威士忌，加上蘇打水，大大的喝了一口。點上支菸，再喝口酒，把腳放到腳凳上。

房子裡出奇的平靜。外面的交通聲裡面聽不到，房子裡連木板吱咯聲都沒有。真是完完全全與世隔絕了一樣。

我抽完一支菸，也喝完那杯酒。我想想竇醫生，會不會臨時怯場了——把這裡所講的，向警方自白，或是一五一十告訴戴太太。

我伸手伸腳，打了個大呵欠。暖暖、懶懶的感覺包圍著我。我開始瞭解，這樣舒服的一個地方，對工作繁忙的醫生多麼重要。在這裡，可以輕鬆地把一切塵世遺忘。

我看看手錶，眼睛無法集中視力，看不清楚時間。

有一件十分重要的事，打著我的腦子，提醒我注意。我太累了，不願去想它。

我設法把它自腦中推開，但是拋不掉。突然，一個概念，把我像觸電一樣，自椅中彈起。

腳凳把我絆了一下，我蹣跚顛躓地維持一下平衡，快步地走向廚房。廚房後有一個通道，裡面有個樓梯也可通二樓。

我爬上樓梯，非常吃力。樓梯通到一條走廊。我先試右側第一個門。顯然這是竇醫生的臥室。我經過它的浴室，進入隔壁相連的臥室。這是客房。我步伐不穩地開門又來到走廊，必須扶住房門才能走出去。我衝向對面的房門。一下推開。

一個十分消瘦的老人，年紀至少有七十歲了，獨自閉目地躺在床上，皮膚像蠟一樣，嘴是張開著的，我站在床邊，聽他呼吸。

他一分鐘好像完全沒有呼吸，而後深深地吸著氣，突然停住，完全不動，好像他不再想呼吸似的。

我把手伸出來，去摸他皮包骨的肩頭，我失去平衡，一下倒在他身旁。

老人沒有移動，只是維持他原樣的呼吸。我搖他。他不安地動一動。我用力搖他，他伸起一臂放在我肩上。我輕輕地拍打他的臉，一面喂喂叫他，他張開了眼。

我說：「你是竇老先生，竇醫生的父親？」我自己聽自己的聲音模糊，遙遠。

他花了很久才恢復一點自己的理解力。他的眼睛有翳地直視著我，慢慢地又把眼皮垂下來。

我對了他大叫：「你是竇醫生的父親？」

他大大的睜眼說：「是。」聲音平平，無生氣。

我拚命使出全身餘力，勉強可以集中腦力，我說：「戴醫生在治療你，是嗎？」

「是。」

「他好久沒來了？」

「對，我兒子說，暫停一下好一點。你——什麼人？」

我說：「戴醫生死了。」

顯然，這句話對他沒什麼意義。

「你知道他死了嗎？」我問。

他眼睛又開始閉下，他說：「他一禮拜沒來了。」

我又搖他：「你最後一次什麼時候見他？是不是星期三，他釣魚回來之後？」

他用沒有焦點目標的眼光看我。我問：「他釣魚回來之後？」

他驚醒地說：「是，他去釣魚了。他和我兒子吵了一架。」

「為什麼事？」

「因為他沒有治好我。」

「是事後你兒子告訴你的？」

「是，但是我聽到他們吵架。」

「是你兒子告訴你，他們為什麼吵架？」

他要告訴我，而後又把眼睛閉上。樓下電話鈴響了兩下，兩下後，完全靜下。

這是約好暗號的第一部份。是寶醫生的電話。

我看我的錶。眼光仍無法集中。我從床邊爬起，走向樓梯。我儘量快，但不使自己跌倒。我的兩隻腳不聽指揮，我一腳踩空，自半梯翻下。驚惶下，人倒反而清醒了些。

我急急忙忙來到電話機旁。正好在它開始響的時候拿起聽筒。這當然應該是寶醫生，鈴聲也是他信號的第二部分。

我拿起聽筒，有這麼一陣子，想不起一個人拿聽筒，第一句應該說什麼話。過了一下，我說：「喂。」

寶醫生職業性的聲音，自那頭傳來：「賴，是你嗎？」

「是。」

「那好，賴。我在這裡。你認為可能失蹤的那根繩子，的確不在這裡。我說的你懂嗎？」

「是。」

「好，你不必擔心。整個束腰我拿到了。桿麵杖在正確位置上，你懂嗎？」

「是。」

突然關心的聲音自那頭響起：「賴，你沒事吧？」

「我——還好。」

「你沒喝太多？」

「不——沒有。」

「你聽起來很累的樣子。」

「我是很累。」

他說：「賴，你不可以抽腿，這次賭注太高了。我冒的險太大了。」

「是。」

「賴，你一直在喝酒呀！」

「只又喝了一杯，只一杯。」

「真的只喝了一杯？」

「是。」

「一大杯？」

「大概。」

他激動地說：「賴，你喝太多了。你不能抛下我不管。把那瓶酒拿到廚房去，倒進水槽裡。一滴也不許再喝。答應我，照我做，倒掉它。」

我舌頭厚厚地說：「是。」左手壓上電話鞍座切斷通話。

我等候足夠的時間，希望對方能把電話掛斷，使電話線路暢通。我的耳朵拚命在叫。我的腦子像個地球儀，在承軸上慢慢轉動。我希望能停住它，但沒有辦法。我把右手伸出來，希望摸到任何東西，可以把我手固定掛住，結果摸到了掛在牆上，裝飾用的毯子。我用手抓著它，同時不放棄話機，支持著。我伸出左手，我知道我必須請總機幫忙。我摸索著數字盤，找到最後一個洞，用盡全力撥到頭，放開。

感覺上，自我放開撥號的手指，至少經過一個小時，才聽到一個女人聲音說：「總機。」

「警察總局——快——兇殺案。」

我聽不太清楚，流水在我耳外向內流，流在內耳如大瀑布，瀑布遠處，一個男人的聲音：「警察總局。」

我喊著：「厲警官——厲——謀殺案。」

過一下，遠處換了個聲音：「厲警官——厲警官——這裡是厲警官，哈囉，這裡是厲警官，誰開玩笑？」

我把全身餘力用來集中注意力，我說：「我是賴唐諾——我在竇醫生的家裡，我對戴太太已經下了毒，我也對竇醫生的爸爸下了毒。我也毒——毒——」我腦中的雜音越來越大。頭轉得越轉越快。離心力也越加強。我緊抓右手，全部力量依靠在掛在牆壁上的裝飾毯子。還有很多話我要對厲警官說，但是我的舌頭太大了，已不能轉動了。右手抓住的毯子，一直像在拉我的手向上，我把身子壓上去不使它向上，拉住毯子的釘子垮了，我天翻地轉的倒在地上。

第十九章　竇醫生的自白

有各種說話聲，打擊在我的耳膜上。說話聲對我沒有意義，大聲叫喊聲，也沒什麼意義。再來就是大聲的命令，手掌拍打，靴子踢在我肋骨上——警察用的靴子。各種各樣的法子，用來打擾我，不准我寧靜地睡過去。

過了一下，這些事情不再繼續。我半醒著，有人把我嘴張開。一條橡皮管通進我喉嚨。

我太累了，我又睡了。

有一段時間，說話聲音來來去去，有如潮水。說出來的字，我來不及理解，第二句又接著來了。腦子裡一片黑暗，烏雲密佈，阻斷了我對外界的辨別力。偶而我清晰一秒鐘，外界說話聲使我懂得一點點，雖然立即又迷糊起來，但約略知道，許多人在設法拉住我，不要我睡去，他們都在拉我向清醒過來的路上走。

「——給他洗胃——皮下注射——咖啡因——再來——要他的供詞——一定要讓他說話——還得等一會兒。」

冷毛巾。打針的刺痛。熱的咖啡經我口吞下肚，在冷的胃裡翻滾。我鼻子聞到了咖啡。一個聲音說：「看，他想要睜開眼了。」

有個模糊影像，所有眼睛都向下看著一張床。臉形扭曲，隔一層霧，好像經過一層流水在看東西。

有人在爭論。我已經漸漸可以懂得他們說什麼。

「急也沒有用，你一定要等這些中樞神經興奮劑發生功用才行。目前最好不要去打擾他。只要他能說話，我就派人去請你。」

之後有一段時間，沒有聲音來打擾我。我睡到有人用冷毛巾拍我臉，我醒回來。感覺好了很多。

柯白莎站在床邊看著我。發光的小眼，怒氣十足。

「他們趕去還來得及救活戴太太嗎？」我問。

柯白莎想要說話，她生氣得嘴唇猛抖。最後她還是控制住了自己，點點頭。

我等著她能說話。她問：「你為什麼要亂說一通？」

「這樣警察也許來得及去救戴太太。但是，假如我說別人下了毒，警察要先找到我，問清楚，到時也許太晚了。」

我又把眼睛閉起，但是瞌睡的感覺，在大量興奮劑作用下，已完全消失。相反的，那些興奮劑及喝下去那麼多杯的咖啡，把我神經拉得緊緊的，碰一下就要跳，一觸即發的緊張。

「竇醫生父親？他們也及時救活了他嗎？」我問。

「是的，你做事的方法！我可以為了這個打你兩個耳光。」

「有什麼不對？」

「都不對。」

「什麼地方最不對？」

「你把我們工作弄垮了，本來是個好工作。」

「我把案子破了。有沒有？」

「案是破了，有什麼用？現在保險公司那邊再也弄不到一毛錢了。你已經完全使——死亡由於意外的原因——絕望了。」

「不，我沒有。戴醫生是被人謀殺而死的。高等法院解釋過。被謀殺，是——死亡由於意外的原因。」

我看到她臉上的怒容，改變為高興的愉快。

她滿意地低聲說：「唐諾，你沒騙我。」

「沒有。」

她說：「寶貝，你真行！你真有兩手，你等在這裡。」

她轉身，走出門去。

又過了一段安靜的時間。一位白衣護士走過來。她問：「你感覺怎麼樣？」

「你們給了我幾加侖咖啡呀？」

她拿起我手腕，量我脈搏，點點頭，拿起一杯水，拋了兩顆藥進我的嘴裡。

「吃下去。」

等我吞下去之後，她說：「這是警方的要求。他們要你不斷興奮，使你能自己講話。這不會有永遠的影響，但有一陣子，會不太舒服。」

就是這樣，我心臟猛跳，覺得時間飛馳。我覺得要說的太多，再不說來不及了。

「警察既然對我那麼有興趣，他們哪裡去了。為什麼不來找我？」

「我也不知道。醫生早告訴他們，已經可以詢問你了。他們一開始迫不及待地要等你說話，而——」

門突然被推開。我神經緊張得從床上跳起來。

柯白莎衝進來說：「我想他們暫時還不會來問你。賓醫生已經崩潰。現在在隔壁房裡拚命在說實話。他們請救你的醫生做證人。有個會速記的護士，在幫他們記錄。」

「那很好。拜託進門要輕點，我全身慌得發抖。你說賓醫生已一切承認了？」

「我想，這一切你是始終知道的吧？」白莎不愉快地說。

「始終倒不見得。我恨自己不能早一點知道。差一點死在這上面。不要讓別人知道。」

「為什麼？」

「我不要別人知道我多笨。我應該早就想到的。」

「怎麼會呢？」

「我告訴竇醫生，戴醫生一定出診去了一個地方，他沒有記在記事本裡。」

「你為何如此想，唐諾？」

「我知道他一定有，因為，我幾乎可確定，他不是死在車庫裡的。」

「怎知他不是死在車庫裡的？」

我說：「你自己想想，他不可能進了車庫，把車庫門自裡面關上。我的實驗又證明風不能把門吹關。所以，一定是有人給他關的門。想想這代表什麼意思，你就瞭解，門被關上的時候，戴醫生已經死了。」

「唐諾，親愛的，也許你不該費那麼多神，說那麼多話。」白莎撫慰地說：「好在以後──」

「我要說話。我喜歡說話。我告訴你，這件案子只有一個可能性。有人對他下了毒，把他弄昏迷了，給他致死量的一氧化碳，帶他回他自己的車庫，把一切裝成我發現時的樣子。我一直只想到，有人利用急診騙他出去。但是戴醫生有習慣記下每一個出診，以便第二天可以記賬收費。我實在笨得要死，沒有想到真正的答案。」

「竇醫生？」她問。

「不是，是竇醫生的父親。戴醫生去看竇醫生的父親。這種出診他是不登記在記事本裡的。竇醫生是同行。看他父親的病，戴醫生是不收費的。」

白莎說：「夠了，親愛的。你應該節省一點力氣。你身體裡兩種完全不同作用的毒藥在別苗頭呢。」

「後來，」我不管她怎麼說，衝動得停不住地接下去說，「我竟笨得找竇醫生幫忙，要他幫我想想，戴醫生可能到哪裡去出診，而沒有記在本子上——白莎，我剎不住車了，我太緊張了——那個時候，我真笨，我告訴竇醫生我要去問史娜莉相同的問題。」

白莎奇怪地看著我。

我又說：「你還不懂？史娜莉會講出來。假如我問題問得對，她會想起，戴醫生經常到竇醫生家裡去看竇醫生父親的病。這種出診，他從不記在記事本上，因為是不收費用的。一方面因為竇醫生是同行，另一方面竇醫生診治戴醫生太太也是免費的。」我不得不停下來吸口氣，又急急地說：「竇醫生知道，我已經問到問題的中心點了。所以他希望我對門的試驗，可以成功。東風真的能把車門關上，但結果顯示，即使做了手腳，門還是吹開，不是吹關，竇醫生瞭解，我一定已經知道，這是謀殺，不是意外。」

「首飾怎麼回事？」白莎問。

「丁吉慕愛上了史娜莉。戴醫生要成其好事。戴太太以為是她丈夫和她秘書有什麼私情。她自己拿了首飾，誣在史娜莉頭上。」

「那貝司機，和這件事沒關係？」

我說：「貝司機顯然是勞華德安排的內線。本來目的是偷開保險櫃，拿出戴醫生對勞華德不利的證據。但戴太太把事情弄亂了，她要丈夫把首飾放進保險櫃，她用自己偷偷從丈夫記事本上所記，破解出來的密碼，偷開保險櫃——老天！我身體裡面好像所有發條都開足了。我要跳起來了。」

「那就講，不要停。現在不要停，」白莎說，「之後，怎麼樣呢？」

我說：「你也應該想得到，戴太太安排好首飾，和一切對史娜莉不利的證據後，打電話請她丈夫回家。戴醫生看到首飾不在保險櫃裡，立即明白這是太太的傑作，因為只有他太太一個人知道，保險櫃中有首飾。他假裝叫史娜莉去通知警察，另一方面又偷偷告訴她，不要報警，和一切針對她的不利。」

「目的叫她溜走？」白莎問。

「目的叫她溜開一段時間，使戴醫生能到她房裡，把一切不利於她的證據移走。他做得不錯。他把首飾及大部份線索都移走。但忽視了有油的布及一些小事情。」

白莎說：「他奶奶的。」

我又自動繼續我的發言：「當然，勞華德認為貝司機出賣欺騙了他。他認為貝司機偷開了保險櫃，拿了所有東西，但是不認賬，因為要獨吞這些首飾。所以他就又開始對芮婷的訴訟。事實上，對付勞華德的證據，不在貝司機那裡，而是在戴太太手裡，只是戴太太可能不明白其重要性——天呀！他們一定把全院的咖啡因都打到我血管裡了。」

「沒關係，唐諾，你變成話匣子，很可愛的。竇醫生為什麼要殺戴醫生？」

「因為竇醫生才真的和戴太太有一點曖昧，而且想要和戴太太結婚，做長久夫妻。他已經想謀殺戴醫生很久了。竇醫生有個大房子，好的傢俱，但根本沒有傭人。由此可知了。他知道戴醫生有病，戴醫生有錢，戴太太又可玩弄於股掌之上。」

她說：「繼續講，我都在聽。」

「已經沒有什麼你不知道的了。」

「還有，你倒說說看，戴醫生當初雇用我們，為什麼？」

「為了掩飾。是他先告訴史小姐要報警，而後叫她不要報警，又叫她開溜。當情況稍有好轉，戴醫生去看史娜莉，告訴她發生了什麼事，答允她一切都可以解決。把首飾暫時放到她那裡——這是個太笨的做法——他這樣做，只是認為首飾已經有了一個很好的藏匿處而已——挖空幾本偵探小說，把首飾放在裡面。至於裝首飾的盒子，他認為放在汽車手套箱裡很安全。事發之後，史娜莉當然發覺首飾在她手上不妥，打電話請丁吉慕來拿回去，他們伺機準備放回保險櫃去。」

「戴醫生請我們的目的，是使他太太不要懷疑？」

「是的。他認為我們絕對不可能找到史娜莉的。但是他的確想到，有一點可能，我們會查出，首飾是他太太自己竊盜的。也可能到時，他會做一點線索，讓我們發現，首飾是他太太自己竊盜的。」

「霍克平？」白莎問。

「霍克平，」我說，「只是個投機鬼。而那個貝司機，既已和那個女傭珍妮有了一手，突然抬高了眼界，想玩起大車了。他想戴太太也許會對他有興趣。」

「她有沒有興趣？」白莎問。

我故意露出牙齒，向她笑著。

「賓醫生對這件事，有什麼反應呢？」白莎問。

我說：「不能再問我了。一問我就想回答，一回答就停不住。賓醫生不是在那裡做自白嗎？你為什麼不出去看一看，就什麼都明白了。」

白莎說：「先把勞芮婷的事告訴我。」

我嘆口氣，硬把兩片嘴唇合在一起，賭氣不開口。

「說呀，」白莎說，「就只這件事。你說了，我就出去，讓你清靜。」

我說：「芮婷對她律師很好，他們很親密。律師的名字要是牽涉進自己辦的離婚案裡，和離婚主角二者之一，一起出現的話，是非常不雅的。所以他們把我弄出來做個擋箭牌，做個吃軟飯的男朋友，這都是做給勞華德看的。這樣勞華德就做夢也想不到林律師，在這件事中也插了一腿。白莎，你走吧，也許竇醫生會供出一些什麼，對我們有利的供詞。」

「什麼有利？」她問。

「變成鈔票呀！」我說。

這下逮到了她。她站起來，走出去。

五分鐘後，她又回來了。這五分鐘對我有如五個世紀。我強迫自己把眼閉起，把嘴閉起，不要想，不要講，但是思潮起伏，有如咖啡壺才開滾。我不能不想到史娜莉，她的死亡，是我引起的。我問的笨問題。我問的混蛋問題。

我急著要告訴別人，但又不願告訴別人。我知道我告訴別人後我會瘋掉，但不說出來又會炸掉。

門又砰然大開。這次是厲警官，我毫無理由地自床上跳起，白被單都移到了腳邊。

厲警官微笑著。白莎已站在我床邊。厲警官低下眼光，彎向床頭說：「哈囉，賴，覺得怎麼樣？」

「像一部老爺車，裝了個噴射引擎。」

他牙齒露得更多，說道：「是我們叫他們儘快要把你弄醒，儘快要叫你開口。」

「你們真過分。」

「我要給你些好消息。」

「什麼好消息？」

「白莎告訴我，你始終自責，是你問的問題，使竇醫生下手殺死史娜莉小姐的。」

我點點頭。

「不見得。」厲警官說：「至少也不是直接的。竇醫生已完全招供了。他有不得已的苦衷，他已相當糟了。他玩股票出了點錯，他需要錢。戴太太是個笨人，自己有了隨時可死亡的心臟病，但對醫生恰發生了興趣。這大概是女人性格邪惡的一面吧。」厲警官帶點歉意，斜視了一下柯白莎：「她認為她丈夫背叛了她，在和她的女秘書勾勾搭搭，她有點妒忌，也想報復。」

柯白莎說：「胡說，這不是女人性格的問題，而是人類性格的問題。男人還不是一樣，只是更厲害。」

厲警官笑笑，沒爭辯：「竇醫生決定要戴醫生走路，讓寡婦領取保險金，而後娶這個寡婦。要不是戴醫生起了疑心，星期三晚上，自己到竇家去興師問罪，可能尚不致那麼快下手。竇醫生在他酒裡下了藥。竇醫生對保險的事很清楚，所以要佈置得好像是意外死亡，可以多拿四萬元錢。當他事後知道，必須是『意外的原因』之後，也氣得要死。」

他又說：「竇醫生自知，假如有人追根究柢的話，他的案子有兩個弱點。他認為星期三晚上，戴醫生去他家之前，一定曾去看過史娜莉，很可能會告訴史小姐，他回家路上，要在竇家停留一下。」

「另外一個弱點呢？」

「他的父親。他父親聽到樓下的吵架，事後又聽到竇醫生的汽車，在竇家車房裡面引擎聲音響了一個小時。當然你一定知道實況。竇醫生在酒裡下了蒙藥。戴醫生昏迷後，他讓他暴露在一氧化碳中，而後帶他回他自己的車庫，發動車子，關上車庫門，走回家去。」

「他準備怎樣對付我？」

「他準備給你足夠的蒙藥——放在酒裡的，知道你一定會再倒第二杯。他打電話給你以確定你有沒有。」

「我知道，」我說，「是我自找的。」

厲警官笑了。他真的很欣賞這句話：「你終於自己知道『自找的』吧，要不是我們及時趕到，你現在已經死翹翹了。」

「嘿，要不是我的話，你們警察還蒙在鼓裡呢。」我說。

厲警官大笑。「竇醫生，」他說，「準備把一切安排成唐諾是給貝司機幹掉的。他自己父親的死亡當然是自然死亡，老頭本來就病得很重。」

「那史娜莉的死亡呢？」我問。

厲警官說：「信不信由你，他倒並沒有想把這件事誣到戴太太頭上去的。事實上，在你向他談起前，他根本沒有想到過這個可能性。那條繩子是下背痛支架上的東西。他去看史娜莉，問她戴醫生星期三晚上，有沒有說起自己的計畫。史娜莉說她知道那天戴醫生回家之前，曾經去過竇醫生的家，並且問竇醫生，為什麼沒有向警方提起這件事。這就替她自己簽了一張死亡書。竇醫生找了個藉口，到廚房裡要口水喝，順手拿到了桿麵杖。那條繩子就是來自一個下背痛支架，正好在他出診的包裡的。」

「那麼他今晚去那裡的時候，並沒有準備要去殺戴太太的？」

厲警官搖著他的頭。「他出去主要原因是讓你有機會，喝第二杯加過藥的酒。他已同時看清一下環境，怎樣可以把你放在一個地方，其責任可由貝司機來負擔。他已下決心要和戴太太結婚，但一定先要把貝司機踢開。把你的死亡，誣在他身上，正好一石二鳥。所以你們這些外行，假如有一天能夠對警方有一點信心，不要在裡面亂攪和，我們就不必像今天那樣東跑西跑，還要來救你這個——」

我一面詛咒他，一面從床上爬下來。厲警官，護士及柯白莎一起抓住我肩膀，把我壓回床上。

厲警官發出了一個自我滿足的笑聲：「唐諾，你總不希望醫生發個命令，給你來一件精神病人的緊身衣穿穿吧。」

「去你的。」我告訴他。

柯白莎把她一百七十磅的體重，壓住我兩條小腿。「他下不了床的，」她說，「唐諾，你不可以胡來的。」

厲警官維持他的笑容：「你總算試過了。賴，你把事情弄得一團糟。好在我知道，外行就是外行。但是我們還是把你從水深火熱中救了出來。」

「你，吹牛，你——」我大叫著，「是我——」

柯白莎說：「唐諾，你給我閉嘴。警方還是可以用貝司機的自白找你麻煩的。」

「隨他們。」我說。

厲警官臉上笑容不見了：「你要不再搗亂，我們就一切都不再計較了。所以，賴，把你嘴閉起來。再說，醫生要大家不來打擾你。你需要休息，大家要你安靜。」

「安靜！」我對著他喊：「安靜個鬼！你以為我是誰？白莎，不要壓我的腿。到底你們給了我多少咖啡因？」

「我不和他浪費時間。」厲警官說著，微笑又現於臉上：「走吧，柯太太，我們讓他休息。」

白莎不知什麼時候已改為坐在我兩條小腿上了。她沒有動，只是說道：「我放他起來，他會把你兩個眼珠挖出來的。你先走吧。」

護士小姐說：「賴先生，醫生囑咐，你一定要留在床上。」

我對柯白莎說：「你還想要在保險金裡拿佣金的話，就把這條子和護士趕出去，叫醫生改變他的醫囑。」

「我去做這些事的時候，你會不會乖乖留在床上？」她問。

厲警官知道我的精神狀況暫時無望改變，看到護士給他一個暗示，轉身輕輕地走了出去。

「好了，」白莎說，「他走了，他還算是個好蛋，至少他很感謝你給他的機會。」

護士老實地說：「柯太太，假如你出去的話，我想我可以處理得了他。」

白莎不屑地看著她一百二十磅的肉問：「你是什麼人？」

護士沒有說什麼話，但是和白莎交換了一些信號，白莎突然自床上起來，走了出去。

護士走過來，坐在床沿上：「賴先生，我知道你怎麼想，但是我要你聽我的話。」

我開始起床。

「等一下，等一下。假如醫生認為你反應正常，他會讓你起來，讓你出院。否則，他會讓你在床上，直到你反應正常。我們這裡有的是各種方法，你知道。」

她向我笑著，小學老師式的笑容，一副一切為我的福利著想的樣子。

我說：「我覺得我快要爆炸了。我睡不著。」

「再過一下你會又好一點。現在一定要靜一下。」

室門打開，卜愛茜夾了一包東西走進來：「哈囉，唐諾，聽說你吵得他們七葷八素的。」

護士從頭到腳地看著愛茜，一面從床邊站起，走到房間的另一頭。

卜愛茜說：「我才見過你的醫生。我告訴他今晚你還沒有吃晚飯時，他說也許你最需要的是食物。他說，只要你自己會穿衣服，就讓你出院去吃飯。唐諾，肉店都已經關門，但是我知道一家賣熟食的店，他們也賣很好的牛排。我公寓裡還有點蘇格蘭威士忌呢。」

我突然想到，我是餓極了。我把蓋在身上的全部踢掉。

護士向卜愛茜招招手。我聽到她用低聲警告：「是我就不跟他單獨在一起，他興奮得不正常，你不知道他會做出什麼來。」

卜愛茜，大聲地笑出來——向她嘲笑。

「那太好了。」她說。

相關精彩內容請見《新編賈氏妙探之6 變！失蹤的女人》

新編賈氏妙探 之5 一翻兩瞪眼

作者：賈德諾
譯者：周辛南
發行人：陳曉林
出版所：風雲時代出版股份有限公司
地址：10576台北市民生東路五段178號7樓之3
電話：(02) 2756-0949
傳真：(02) 2765-3799
執行主編：劉宇青
美術設計：吳宗潔
行銷企劃：林安莉
業務總監：張瑋鳳

出版日期：2023年2月 新修版一刷
版權授權：周辛南
ISBN：978-626-7153-79-6

風雲書網：http://www.eastbooks.com.tw
官方部落格：http://eastbooks.pixnet.net/blog
Facebook：http://www.facebook.com/h7560949
E-mail：h7560949@ms15.hinet.net
劃撥帳號：12043291
戶名：風雲時代出版股份有限公司

風雲發行所：33373桃園市龜山區公西村2鄰復興街304巷96號
電話：(03) 318-1378
傳真：(03) 318-1378
法律顧問：永然法律事務所 李永然律師
　　　　　北辰著作權事務所 蕭雄淋律師

行政院新聞局局版台業字第3595號 營利事業統一編號22759935

定價：299元　

國家圖書館出版品預行編目資料

新編賈氏妙探. 5, 一翻兩瞪眼 / 賈德諾 (Erle Stanley Gardner) 著；周辛南譯. -- 臺北市：風雲時代出版股份有限公司, 2023.01　面；　公分
譯自：Double or Quits
ISBN 978-626-7153-79-6（平裝）
874.57　　　　111019810